JE MANGE BIEN, NE T'EN FAIS PAS

Quatre récits de cœur et de cuisine

Traduit du japonais par
Déborah Pierret-Watanabe

Éditions Picquier

DANS LA MÊME COLLECTION
AUX ÉDITIONS PICQUIER

L'Ode au chou sauté

Titre original : *Cheese to shio to mame to*

Première publication au Japon en 2013 par SHUEISHA Inc., Tokyo.
Edition française publiée avec l'autorisation de SHUEISHA Inc., Tokyo
par l'intermédiaire du Bureau des Copyrights Français, Tokyo.

Mas de Vert
B.P. 20150
13631 Arles cedex

www.editions-picquier.com

Conception graphique : Picquier & Protière

En couverture : © D.R.

ISBN : 978-2-8097-1558-3

ISSN : 2780-9846

Le Banquet

Collection dirigée par

RYÔKO SEKIGUCHI

La collection Le Banquet *réunit des œuvres japonaises inédites où la nourriture occupe une place centrale, celle du plat de résistance.*

Car la cuisine n'est pas un sujet mineur de la création littéraire et ce serait une erreur de restreindre son territoire à un périmètre bien délimité : femmes, famille, partage, bonheur…

La nourriture est tout à fait pertinente pour parler du désespoir, des inégalités, de l'injustice ou d'un monde futur, elle est même indispensable.

Aujourd'hui plus que jamais, avec une nouvelle conscience envers le vivant, nous souhaitons créer une autre relation avec ce qui nous entoure et ce qui nous nourrit. Tisser des histoires de nourriture, c'est parler de notre façon d'être au monde.

Il est temps de se retrouver autour de la grande table fédératrice de la littérature pour goûter au repas de la vie. Le Banquet *fera naître en vous un savoureux espoir.*

RYÔKO SEKIGUCHI

Le fenouil, parfum du terroir

par Armand Arnal,
chef du restaurant *La Chassagnette* à Arles

L'odeur anisée a toujours été présente dans mon enfance. Immédiatement reconnaissable, elle constitue la base aromatique de la cuisine méditerranéenne, mais c'est plus tard que j'ai fait la « rencontre » du fenouil. Il est pareil à une atmosphère familière qui nous enveloppe.

Aujourd'hui, j'affectionne particulièrement ce légume, aussi bien à l'état sauvage que cultivé. On peut utiliser son « corps » en entier. Les bulbes, les tiges, les feuilles et les graines ont des saveurs et des textures différentes. On peut également accompagner cette plante tout au long de sa vie : les fleurs sont délicieuses, étonnamment sucrées et vivifiantes, et même une fois que la tige est montée, on peut toujours les faire sécher et les utiliser pour la cuisson au barbecue. Le fenouil est là, en toute saison.

Ses saveurs caressent le palais, font vibrer et saliver la langue, et nous préparent pour les mets suivants. Elles font les liens entre les plats, raison pour laquelle j'aime décliner le fenouil sous différentes facettes.

Il se marie à merveille avec de nombreux produits : poisson, viande, pomme de terre, tomate, courgette, fraise… Il m'arrive aussi de le confire et de le servir en dessert, associé aux agrumes. Durant ce que j'appelle la cinquième saison, propre à la Camargue, une sorte d'été indien, je fais cuire le bulbe de la deuxième récolte de l'année, encore petit et tendre, le fais revenir avec d'autres parties du fenouil et le sers avec de l'aïoli au coing. C'est une plante ouverte à de multiples associations et cuissons.

Le toucher est remarquable, car différent selon les éléments que l'on a entre les mains : les feuilles comme des cheveux, un bulbe lisse, et quand on l'effeuille, il produit un son presque similaire au coassement des grenouilles !

Le fenouil fait partie du paysage du bassin méditerranéen, à l'image du figuier, du grenadier ou encore de l'olivier. C'est une plante très résistante, qui pousse sur des falaises ou au bord d'une mer extrêmement salée. En Italie, en Espagne, en Afrique du Nord ou en Grèce, jusqu'en Turquie, on le retrouve à la fois dans le paysage et dans l'assiette. Dans ces pays, on partage le parfum du fenouil. C'est une présence olfactive : le fenouil est un parfum avant d'être un légume.

Pour moi, le fenouil est un ami fidèle, avec qui je partage ma vie. Il est là, discret, mais toujours présent, et on peut compter sur lui. C'est un goût qui nous rappelle qui nous sommes, nos origines, notre terroir, mais aussi cette ouverture aux autres cultures culinaires méditerranéennes. Le fenouil m'encourage à rechercher des recettes anciennes ; les proportions n'y sont pas forcément précises, j'y découvre plutôt des « tours de main ». Il m'ouvre à ces gestes de nos ancêtres qui savaient prendre leur temps pour préparer un plat.

Pour qu'un légume pousse, il faut d'abord de l'eau. C'est la nourriture des plantes. Et aussi, et surtout, du soleil.

Les plantes embrassent en elles ce soleil. Le plus difficile, dans la cuisine, c'est de préserver cette énergie radieuse pour la retrouver dans les assiettes.

Le fenouil comporte justement une part de solaire. Il faut tendre attentivement l'oreille à ce que cet ami nous chuchote.

La cuisine, pour moi, c'est l'écoute. Il y a une logique des vivants et si on possède cette qualité d'écoute, le reste suit cette logique et l'énergie coule tout naturellement, le goût et le parfum avec. Je fais en sorte que les légumes acceptent de venir vers moi, qu'ils se laissent cuisiner.

(Propos recueillis par Ryôko Sekiguchi)

KAKUTA Mitsuyo

Le Jardin de Dieu

1

Comme d'habitude, avais-je pensé.

Le rendez-vous était fixé à 20 h 30, à la salle de réunion du club de mon père. Comme d'habitude. Je n'avais aucune idée de ce qu'on allait célébrer ce soir-là, mais cela non plus, ce n'était pas inhabituel. La famille recevait l'ordre de se rassembler et après un long suspense, l'événement à célébrer nous était enfin annoncé en grande pompe. C'était de cette manière que nous avions appris la grossesse de ma sœur aînée.

Les *clubs*, c'étaient des salons privés réservés aux membres, une tradition vieille de plus de cent ans dans la région. On les retrouvait dans chacune des villes et dans chacun des villages, tout comme les salles de réunion avec cuisine attenante qui allaient de pair. Tous les hommes du coin faisaient partie d'un club. Ceux des grandes villes comptaient une centaine de membres, ceux des villages une petite dizaine.

Les hommes se réunissaient dans ces lieux autrefois interdits aux femmes pour manger ce qu'ils avaient cuisiné, boire et discuter. Mon père s'amusait à dire que les clubs avaient été créés pour que les gars qui ne trouvaient pas leur place à la maison puissent s'y retrouver pour se plaindre de leur femme et de leur vie. Mais je ne savais pas la véritable raison à l'origine de leur création. En tout cas, qu'ils soient avocats, médecins, charpentiers, agriculteurs, chauffeurs de taxi, professeurs ou même retraités, les hommes s'y donnaient rendez-vous pour manger et boire, bavarder dans la joie et la bonne humeur. La politique et le foot y étaient deux sujets tabous. Les femmes avaient enfin été autorisées à y pénétrer il y avait un peu plus d'une dizaine d'années et les membres pouvaient à présent inviter famille et amis à venir y faire la fête. Le club de mon père était dans une rue étroite qui donnait sur l'avenue principale de la ville. C'était un petit club, fréquenté par une cinquantaine de membres.

Mon père possédait un restaurant, le seul du quartier résidentiel où il était implanté, à dix minutes en voiture de notre maison. L'établissement était à l'origine un bar tenu par ma grand-mère, la mère de mon père. Une fois ma grand-mère partie à la retraite, mon père avait pris la relève. Il avait appris à cuisiner tout seul et avait rénové et transformé l'endroit en restaurant sept ans plus tôt. Les débuts avaient été difficiles, presque aucun client ne poussait la porte et mon père s'arrachait les cheveux en se demandant ce qu'il allait devenir si jamais la situation s'éternisait. Puis son affaire avait décollé et depuis quelque temps, son restaurant affichait complet quasiment tous les jours.

Nous n'y mettions presque jamais les pieds, alors je n'étais pas vraiment au courant de ce qui s'y passait. Une chose était sûre cependant : mon père se tenait tout le temps derrière les fourneaux. « Même si son restaurant s'agrandit et qu'il se fait un nom, la place d'un cuisinier est en cuisine ! » Telle était sa philosophie. Enfin, son restaurant n'était pas si grand, et son nom pas si important.

Il avait beau passer ses journées à cuisiner, dès qu'il y avait un événement à fêter, il réservait la salle de réunion du club et préparait des petits plats pour ses proches. Des mets simples qui ne figuraient pas sur la carte de son établissement. De la viande ou du poisson grillé, de l'omelette à la morue. Des plats rustiques, que ma grand-mère avait l'habitude de nous servir, et qui ne nécessitaient pas beaucoup de préparation. Mais c'était toujours divinement bon. Ma mère cuisinait bien, elle aussi, mais la cuisine de mon père était différente, comme enrichie d'une saveur particulière. Mais je n'en aurais pas voulu à tous les repas. Parce c'était comme si le grandiose s'invitait dans chacun de ses plats, même les plus simples. Ce qui me poussait à croire qu'il avait été choisi par Dieu. Que c'était Dieu en personne qui l'avait sommé de cuisiner pour les autres.

C'était un samedi, et c'était également le premier jour de mes vacances d'été. Je suis arrivée à la salle de réunion un peu avant 20 h 30. La porte était grande ouverte et mon père et mon oncle s'affairaient en cuisine. Ma tante, la sœur de ma mère, et ma grande sœur étaient déjà assises à table et discutaient autour d'un verre de txakoli. Une odeur alléchante de beurre légèrement roussi et de poisson grillé flottait dans la pièce pas si grande.

20 h 30. Mon père, ses deux petites sœurs, son petit frère, la grande sœur et la petite sœur de ma mère, ma

sœur aînée et son mari, leur fille qui allait avoir bientôt trois ans, mon grand frère et moi étions réunis autour de la table. Les participants habituels. Seule ma mère était absente.

— Où est maman ? ai-je demandé.

— Elle avait quelque chose à faire à Bilbao, m'a dit une de mes tantes.

— Ah bon ? C'est plutôt rare.

— Une de ses vieilles connaissances qui vit loin est de passage en ville.

Tout en songeant que c'était bien la première fois que j'entendais parler de cette *vieille connaissance*, j'ai regardé mon père servir du txakoli à ma tante, en le versant de très haut. Il y avait certaines règles à respecter dans le club et l'hôte était notamment tenu de servir l'alcool et de couper le pain. Les adultes ont trinqué avec du txakoli, les enfants avec de l'eau gazeuse. Mon père, mon grand frère et mon oncle sont allés chercher les plats en cuisine et les ont déposés sur la table.

— Quoi ? Pas de grillades aujourd'hui ?

— Bah, pour une fois… a évasivement répondu mon père.

Mijoté de haricots au chorizo, croquetas au jambon cru, velouté de chou-fleur et fenouil aux langoustines, morue à la crème de persil : ce n'était pas la cuisine simple à laquelle il nous avait habitués, mais pour une fois, le genre de plats qu'il servait dans son restaurant. Les préférés de ma mère. Ma mère qui n'était pas là.

Nous avons mangé en bavardant, échangé les dernières nouvelles. Je sentais néanmoins que l'ambiance qui planait autour de la table n'était pas la même que d'habitude. Normalement, il ne fallait pas attendre longtemps pour que les voix se mettent à résonner dans toute la pièce. Mais ce soir-là, la conversation languissait. J'ai cru que c'était à cause de l'absence de ma mère. Ma mère était comme ça. Elle illuminait le lieu de sa présence, comme un tournesol d'été. Le dîner n'était donc pas aussi convivial que d'habitude mais les assiettes se vidaient à vue d'œil et les bouteilles vides de txakoli s'alignaient par terre.

— Et donc, on fête quoi aujourd'hui ? a lancé ma grande sœur en donnant une cuillérée de mijoté de haricots à sa fille Katarina.

Silence.

— Qu'est-ce qui se passe ? s'est inquiété mon grand frère en jetant un regard circulaire sur ses compagnons de table.

— On n'est pas ici pour fêter quelque chose, a annoncé mon père d'un ton extrêmement solennel.

— Et pourquoi alors ? a demandé ma sœur.

— Allez, dépêche-toi de le dire, a renchéri mon frère.

— Votre mère va être hospitalisée la semaine prochaine, a doucement expliqué mon père en baissant les yeux.

— Encore ? s'est exclamée ma sœur.

— Encore ? l'a imitée Katarina.

Deux semaines plus tôt, ma mère, qui vomissait dès qu'elle avalait quelque chose, avait été admise à l'hôpital de Saint-Sébastien pour y subir des examens. En fin de compte, elle n'avait rien qu'une petite gastrite due à la fatigue et à la chaleur. Nous en avions ri tous ensemble. « Et ce n'est même pas encore l'été ! Elle est si fragile ! » C'était ce que tout le monde disait.

— Ce n'était pas une gastrite. Elle ne pourra peut-être pas rentrer à la maison, cette fois, a-t-il débité d'une traite.

Il s'est levé et, la tête toujours baissée, il est allé s'enfermer dans la cuisine. On l'a entendu ouvrir et refermer la porte du réfrigérateur.

— Qu'est-ce que ça veut dire? a demandé ma sœur en regardant ma tante d'un air interrogateur.

— J'y comprends rien, a lâché mon frère.

— J'y compr…

— Arrête ça, a sèchement ordonné ma sœur à Katarina, sur le point d'imiter son oncle.

Les yeux rivés sur la crème verte, lisse et brillante qui s'étalait sur la morue, j'ai écouté d'une oreille distraite notre gentille tata, la sœur aînée de ma mère, qui s'exprimait avec lenteur.

Ma mère n'avait pas de gastrite, mais un cancer de l'estomac. Selon le médecin, ses jours étaient comptés et il ne lui donnait pas plus de trois mois à vivre. Un cancer de stade 4, en phase terminale. Ma mère n'était pas du genre à se plaindre. Et c'était ce qui avait causé son malheur. Car d'après ce que le spécialiste avait dit à mon père, son estomac devait la faire souffrir depuis très longtemps. Le « consentement libre et éclairé » obligeait le docteur à expliquer la situation à sa patiente, mais mon père ne pouvait pas se résoudre à annoncer la triste nouvelle à sa femme. Ils s'étaient mis d'accord pour lui cacher la vérité. Ma tante racontait qu'ils lui avaient bien dit que c'était un cancer, mais au premier stade, et qu'une opération suffirait pour la guérir. Ils avaient décidé de la faire admettre à l'hôpital de Saint-Sébastien. Il y avait un hôpital plus important à Bilbao mais c'était plus loin de chez nous. Et puis, elle voyait la mer depuis la fenêtre de sa chambre. La mer qu'elle aimait tant.

Ma sœur a éclaté en sanglots au milieu de la tirade de ma tante. Son mari lui a caressé le dos et Katarina a levé des yeux inquiets vers ses parents. Mon frère arrachait des morceaux de pain et se les fourrait dans la bouche un à un. Les sœurs de mon père continuaient de manger, au bord des larmes. La petite sœur de ma mère, totalement muette, se dissimulait le visage derrière un mouchoir. La grande sœur de ma mère avait le nez tout rouge et tripotait un morceau de morue du bout de sa fourchette.

Du mijoté de haricots au chorizo. Des croquetas au jambon cru. Une langoustine rosée qui surnageait dans la soupe blanche. La morue nappée d'une sauce verte. Des miettes de pain. Les verres qui reflétaient la lumière. Les bouteilles de txakoli vidées l'une après l'autre.

J'ai frissonné à la vue de la scène qui se déroulait sous mes yeux.

Mais que faisaient ces gens ? De quoi parlaient-ils ? Comprenaient-ils seulement ce qui était en train de se passer ?

Je me suis levée. J'ai senti tous les regards se tourner vers moi. Mais je n'ai pas relevé la tête. Je n'ai regardé personne. J'ai tourné le dos à la table et je me suis dirigée vers la porte.

— Qu'est-ce que tu as ? Aihnoa, qu'est-ce qu'il y a ? ont crié des voix dans mon dos.

— Aihnoa !

Celle-ci appartenait à mon père. J'ai enfin levé les yeux et j'ai vu sa silhouette s'encadrer dans la porte de la cuisine. Il portait un tablier noir constellé de taches blanches et tenait une assiette dans chaque main. Des desserts étaient dressés dans ces assiettes. De la mousse au lait de brebis.

— C'est ridicule, non ? Ma voix était éraillée. Je me suis éclairci la gorge et j'ai répété : C'est ridicule, non ? Ce n'est pas le genre de nouvelle qu'on fête. Alors qu'est-ce qu'on fout tous ici ?

J'ai ouvert la porte et je suis sortie. Le soleil était sur le point de se coucher. J'ai claqué la porte derrière moi et je me suis enfuie en courant dans la lumière déclinante du jour.

Maman est morte peu de temps après la rentrée. Les derniers jours, quand son état a empiré au point de devoir la mettre sous morphine, nous avons dormi avec elle à tour de rôle. Elle a rendu son dernier souffle à dix heures du soir. Toute la famille était là, hormis le mari de ma grande sœur et le petit frère de mon père.

Tandis que mon père et les autres discutaient des funérailles dans la chambre de malade où maman n'était plus, moi je vidais son placard, tout en songeant que les docteurs étaient vraiment incroyables. Trois mois et dix jours s'étaient écoulés depuis ce ridicule repas de famille. Et ma mère était morte. Exactement comme ce spécialiste l'avait prédit.

Les docteurs sont vraiment incroyables.

Ce n'était pas le moment de s'attarder sur une pensée pareille, mais je ne pouvais réfléchir à rien d'autre. Ou la mort de ma mère allait devenir bien réelle. Si je laissais mes pensées jaillir à leur gré, je courrais le risque de modeler sous une forme plus nette, plus précise, la colère confuse qui couvait en moi depuis trois mois. La colère, la colère et la culpabilité, toutes deux étroitement imbriquées, menaçaient de m'engloutir. C'est pourquoi je ne cessais de murmurer tout au fond de moi : *Les docteurs sont vraiment incroyables. Les docteurs sont vraiment incroyables. Les docteurs sont vraiment incroyables. Les docteurs sont vraiment incroyables...*

Encore et encore. Comme une incantation.

J'avais rendu visite à ma mère le plus souvent possible, mais je n'avais pas parlé plus que nécessaire avec mon père, mon oncle et mes tantes. J'étais furieuse. Contre ce ridicule repas de famille, contre cette manie de se réunir à tout prix, comme pour célébrer un événement, quand il fallait discuter d'une chose ou d'une autre. Car mon père n'avait pas arrêté d'organiser ses soirées. Dans quel ordre rendre visite à sa femme hospitalisée ? Devait-on faire venir ses amis à son chevet ? Les faire venir trop souvent ne risquait-il pas d'éveiller ses soupçons ? Fallait-il prévenir ceux avec qui elle s'était disputée ? Où loger ceux venus de France ou d'Italie ? Il y avait de nombreux points à aborder et à chaque fois, il nous conviait à une de ses réunions. Dans la salle du club, ou dans un restaurant à proximité, parfois même dans son propre restaurant. Je les avais bien évidemment toutes boycottées. J'avais l'impression que c'étaient des occasions de réjouissances, même si tout au fond de moi, je savais que ce n'était pas le cas. Ma mère, incapable d'ingurgiter quoi que ce soit, était nourrie par perfusion. Alors pourquoi fallait-il que nous parlions d'elle autour d'un steak ou de coquilles Saint-Jacques ? Le comportement de mon père, de ma famille et de nos proches qui le soutenaient dans sa démarche dépassait largement mon entendement.

C'est pourquoi j'avais décidé d'ignorer le planning qu'ils avaient mis en place et de me rendre à l'hôpital dès que j'avais un moment. Je n'avais rien dit à ma mère, pour ne pas l'inquiéter. Mais elle avait sûrement deviné notre brouille car, dès que je posais le pied dans sa chambre, elle me demandait si je mangeais bien avec tout le monde. Maman détestait quand ses enfants prenaient leur repas tout seuls ou se gavaient de fast-food entre amis. Je faisais donc exprès de mal interpréter sa question et je lui répondais à chaque fois que je mangeais à la maison. Ce n'était pas ce qu'elle voulait dire, bien entendu. Elle cherchait à savoir si je parlais toujours à mon père, mon frère ou ma sœur.

La colère et la culpabilité de ces trois derniers mois. La culpabilité d'avoir boycotté les réunions de famille. Même si j'étais persuadée d'avoir raison, la culpabilité l'emportait sur la logique et ne cessait de me consumer. Car je suis née et j'ai grandi ici, dans cet endroit où tout le monde croit que quelqu'un qui néglige sa famille finit en enfer.

J'ai étudié comme une folle l'année qui a suivi son décès, jusqu'à l'obtention de mon diplôme. Il n'y avait pas beaucoup de lycéens qui se lançaient dans des études supérieures dans le coin. Encore moins de lycéennes. Comme ça avait été le cas pour ma mère, les femmes se retrouvaient mariées la plupart du temps avant trente ans. Avec un camarade de classe du collège, du lycée ou de la fac. Les cours du lycée étaient loin d'être suffisants quand on avait pour objectif d'intégrer une université à Madrid ou à Barcelone. L'idée ne m'enchantait pas, mais je n'ai pas vraiment eu le choix : j'ai dû réclamer de l'argent à mon père pour pouvoir m'inscrire dans une école préparatoire. Dès que je rentrais à la maison, je me réfugiais dans ma chambre pour étudier. Je passais mes week-ends et mes vacances à réviser à la bibliothèque.

Je n'avais pas de vision précise de mon avenir. Tout ce que je voulais, c'était m'éloigner de cette ville.

La famille de mon père habitait autrefois dans le bâtiment qui abritait son restaurant. Le comptoir dans l'entrée, près des cuisines, était un vestige du bar de ma grand-mère. Ils vivaient à l'étage, là où il y avait la cheminée. L'écurie avait été transformée en coin-terrasse. De nombreuses photos aux couleurs fanées décoraient aujourd'hui les murs. Mon père dirigeait l'établissement avec son petit frère. Lui était le cuisinier exécutif, mon oncle, le manager. Le mari de la sœur de mon père était architecte, elle-même était décoratrice d'intérieur. C'est pourquoi la rénovation du bâtiment qui avait eu lieu quelques années plus tôt avait été confiée à mon oncle. Ma tante, elle, s'était bien sûr occupée de la décoration. Le mari de la petite sœur de ma mère possédait des vignes à txakoli et seules les bouteilles de sa production apparaissaient sur la carte. Mon frère avait fait son apprentissage dans un autre restaurant, dans une autre ville. Il était destiné à prendre la suite de notre père. Ma grande sœur avait fait construire sa maison à deux blocs de chez nous. Elle était si souvent à la maison qu'on aurait pu oublier qu'elle l'avait quittée.

Voilà comment ça se passait chez nous. Ma famille n'avait rien de particulier. C'était pareil pour tout le monde ici.

Très peu envisageaient de quitter leur ville natale. Personne ne le disait clairement, mais il était préférable de se marier avec un ou une Basque, si possible d'une ville voisine. L'épouse idéale ? Une femme qui savait cuisiner et gérer la maison d'une main de maître. Notre famille n'avait pas échappé à la règle et nous avions été élevés par notre mère. Ma grande sœur était un exemple de réussite. Après le lycée, elle avait trouvé un emploi dans une fabrique de bière et avait fini par épouser le garçon qu'elle fréquentait depuis le collège. Elle avait arrêté de travailler juste après son mariage pour incarner la parfaite femme au foyer. Son mijoté de haricots avait exactement le même goût que celui de notre mère. Ma grande sœur n'avait jamais remis en question son destin, la vie qui l'attendait.

Moi, j'étais de toute évidence un exemple d'échec. J'avais étudié sans relâche pour pouvoir mettre de la distance entre cette maison et moi, et mon rêve était sur le point de se réaliser puisque j'avais été admise à l'université à Barcelone.

J'allais m'envoler pour la grande ville, à sept heures de voiture de chez moi, deux en avion. Mon père, ma grande sœur et les sœurs de maman ont pleuré en me demandant pourquoi notre famille devait être séparée, alors que ma mère n'était déjà plus parmi nous. Lorsque l'avion a décollé, j'étais rongée par le même sentiment que si j'avais commis un crime affreux.

2

Vivre à Barcelone, c'était un peu comme vivre dans un pays étranger. Je n'avais aucun problème de communication, on trouvait des églises partout, le Dieu qu'on y priait était le même que par chez moi et quand je me promenais, personne ne se retournait sur mon passage. Mais tout était si radicalement différent ! Surtout, j'étais libérée de l'emprise familiale et de mes proches, toujours dans les parages, à épier mes moindres faits et gestes. Les étudiants, les hommes et les femmes plus âgés que je rencontrais dans les bars ou pendant des concerts, les professeurs, bref, tous ceux qui peuplaient cette ville étaient joyeux, indépendants, libres et avaient leurs propres opinions. J'ai commencé à avoir honte de ma ville natale. J'avais l'impression que le temps s'y était arrêté il y a des centaines d'années. Ou plutôt, c'était comme si j'avais été aspirée depuis un lointain passé pour être projetée directement dans le XXIe siècle.

J'ai découvert que les proverbes populaires par chez moi, et qui faisaient beaucoup rire mes proches, n'avaient pas cours dans toute l'Espagne. Notamment le préféré de mon père, celui de la femme qui devait garder sa culotte bien serrée pour encourager son époux à travailler… et qui avait fait bondir un de mes nouveaux amis, qui avait crié à la misogynie. Personne ne prétendait, même pour rire, que le devoir d'une femme était de veiller sur sa famille. Je me gardais bien de raconter certaines anecdotes familiales, par exemple quand mon père et mon oncle (qui se targuaient d'être basques et non espagnols) avaient porté les couleurs de l'équipe adverse lors d'un match de foot France-Espagne.

Tout, absolument tout autour de moi me semblait nouveau et agréable. Et ce n'est pas une exagération. Je me sentais parfaitement dans mon élément. Au point parfois d'en oublier la tristesse liée à la perte de ma mère. J'habitais dans un studio, et quand je n'allais pas en cours, je bossais dans un restaurant avec buffet. Le soir, je sortais boire des coups dans des bars. Dans cette ville où trônait une cathédrale inachevée et biscornue, les garçons avec qui je faisais l'amour ne me parlaient pas de mariage. Ils ne me demandaient pas non plus si je savais cuisiner. Non, eux, ils m'emmenaient manger dans des fast-foods.

Les fast-foods ! Ce n'était pas la première fois mais presque que j'allais dans l'un d'eux, et quel enchantement ! Il n'y avait pas de fast-foods là où j'avais grandi, ce qui était un sujet supplémentaire de honte. J'y avais déjà mangé, bien sûr, puisqu'on en trouvait quelques-uns, peu nombreux, à Bilbao ou à Saint-Sébastien. Mais jamais au quotidien. Ce n'était pas si mauvais que ça, en vérité, ça ne coûtait pas cher, en somme, il n'y avait rien de plus pratique pour une étudiante débordée de travail. Mon père, mon frère, ma sœur, mon oncle et mes tantes m'appelaient à tout bout de champ. Au téléphone ou dans leurs lettres, ils s'inquiétaient avant tout de savoir si je mangeais bien. J'en avais assez. Ces gens-là, ils n'avaient qu'un seul mot à la bouche : *manger*. Le monde ne se limitait pas à la nourriture ! Mes tantes, en particulier, me questionnaient avec insistance. Tu ne te gaves pas de fast-food, j'espère ? Je niais vigoureusement. Mais elles n'étaient pas dupes et je recevais un colis de pois secs ou de morue après chacun de leurs coups de fil. Mon père, ma sœur et mon frère me tannaient pour que je vienne pendant les vacances. Je ne suis pas rentrée une seule fois. Entre mon job, mes études et souvent le petit copain du moment, j'étais bien trop occupée pour aller les voir. Et puis, imaginer la traditionnelle réunion de famille qui m'attendrait au club à mon retour m'angoissait au plus haut point. Car alors, j'aurais dû affronter le souvenir de cet autre repas, de cette fameuse soirée où j'avais fini par détester cette ville du plus profond de mon cœur.

Mon père est venu me voir une fois. C'était durant l'été de ma troisième année à l'université. Il m'a raconté qu'on lui avait proposé d'ouvrir une succursale à Barcelone, qu'il venait visiter l'endroit qu'on lui avait suggéré et qu'il en profiterait pour passer me voir.

Je ne lui ai pas dit que mon petit ami du moment s'était installé chez moi. Je ne pouvais donc pas l'inviter à la maison. Alors je lui ai menti en prétextant que j'étais bien trop occupée par mon travail, que le studio où je vivais était géré par le diocèse et qu'il était interdit aux hommes. Je lui ai demandé de réserver une chambre d'hôtel. Mais je n'ai pas pu refuser son invitation à dîner. Il a suggéré quelques noms de restaurants, mais aucune de mes robes n'était faite pour être portée dans ce genre d'établissement, et surtout, je n'avais pas envie d'un tête-à-tête avec lui, à nous regarder en chiens de faïence. C'est pourquoi je lui ai plutôt proposé de me retrouver dans un lieu où j'avais l'habitude d'aller. C'était un bar bruyant qui grouillait d'étudiants, mais ce n'était pas cher et je pouvais payer l'addition pour deux.

— Tu reviendras après tes études.

Cinq petits mots, et j'en avais déjà ras-le-bol. Pourquoi donnait-il l'impression que tout était déjà décidé ?

— Je ne trouverai pas de travail là-bas, ai-je répliqué sèchement.

— Tu n'auras qu'à me donner un coup de main au restaurant.

Je me suis murée dans le silence. J'ai commandé un autre verre de vin, grignoté quelques tapas et fait semblant de regarder la télévision accrochée au fond du bar.

— Tu veux que je t'envoie de l'argent ?

— Tu m'as dit que si je quittais la maison, tu ne me donnerais pas un sou, à part pour les frais d'inscription à l'université. Et tu as assez souvent répété qu'un homme ne revenait jamais sur sa décision.

— La vie est chère ici et je sais que tu es débordée, avec ton petit boulot et tout ça… Mais ta mère doit être triste que tu ne viennes jamais sur sa tombe.

Une connaissance m'a hélée, je lui ai répondu par un geste de la main. Je suis allée au comptoir commander deux ou trois autres plats, je suis retournée m'asseoir et je les ai dégustés en sirotant mon vin.

— Il n'y a pas de txakoli ?

— Pourquoi il y en aurait ? ai-je soupiré, à présent lasse. J'ai fait exprès de regarder ma montre. Il faut que je rentre. Je dois retourner au travail.

— Il n'y a que des bars aussi atroces dans cette ville ? s'est exclamé mon père au moment de sortir.

— C'est un bar pour étudiants, c'est forcément bruyant.

— Je ne te parle pas du bruit, mais du goût. Ce n'est pas parce que vous êtes étudiants qu'ils doivent se foutre de vous comme ça.

Il me faisait comprendre qu'il n'avait pas bien mangé. J'ai cherché les mots justes pour lui répondre, mais j'ai senti les larmes me picoter les yeux avant de les avoir trouvés. Je me suis dépêchée de lui tourner le dos.

— Tu peux rentrer tout seul à l'hôtel ?

J'ai commencé à marcher sans attendre sa réponse.

— Mange de la vraie nourriture ! s'est-il écrié derrière moi.

Je l'ai ignoré. Les larmes se sont mises à couler sur mes joues pendant que je marchais. Ce n'étaient pas des larmes de tristesse mais de honte. Sa fille se débrouillait toute seule dans une grande ville, mais elle avait quand même pris la peine et le temps, même si elle lui avait menti, de lui donner rendez-vous dans un endroit où elle pourrait l'inviter. Ce n'était pas le moment de discuter de goût ni de savoir si ce qu'il avait mangé était bon ou carrément dégueulasse. J'avais honte de mon père. J'avais honte de ce cuisinier choisi par Dieu pour qui le goût passait avant la tendresse. J'avais honte de mon père qui avait organisé un repas pour nous annoncer le cancer de ma mère, comme si c'était un événement à célébrer.

Je me suis retournée après un moment. J'ai suivi des yeux sa silhouette qui s'éloignait dans les lueurs orangées des réverbères. Le père dont j'avais honte a disparu petit à petit, englouti par la nuit.

3

Une fois diplômée de l'université, je ne suis évidemment pas rentrée à la maison. Après mon voyage de fin d'études en Chine, j'ai été saisie par la fièvre voyageuse. Je mettais de côté l'argent gagné grâce à des petits boulots à Barcelone, je partais en voyage, je revenais à Barcelone, je repartais en voyage… je m'étais lancée dans une boucle sans fin, que je répétais à l'infini. Je voyageais seule la plupart du temps, ou si mon petit copain du moment aimait bourlinguer, nous prenions la route ensemble. Il m'est déjà arrivé de mettre fin à notre histoire une fois arrivés à destination. Tout comme il m'est arrivé de tomber amoureuse pendant mes pérégrinations.

Je ne me suis jamais sentie menacée. Inde, Népal, Finlande… dans tous les coins du monde, je rencontrais toujours tout un tas d'hommes et de femmes de tout âge et de tous horizons qui portaient les mêmes vêtements que moi, qui menaient une vie similaire à la mienne. Jusqu'à mes dix-huit ans, le monde s'était limité pour moi à la ville où j'étais née et avais grandi. Et plus je voyais du pays, plus elle se ratatinait.

Si j'ai commencé à cuisiner, c'était pour faire des économies.

Je cuisinais lorsque j'étais à Barcelone, bien sûr, mais aussi pendant mes voyages. J'allais au marché, j'achetais des légumes et de la viande pour trois fois rien, je les préparais dans la cuisine collective de l'auberge où je me trouvais. J'ai un certain talent pour la cuisine, et même si je ne l'ai pas apprise auprès de ma mère comme cela a été le cas pour ma grande sœur, les petits plats que je prépare sont plutôt savoureux. Cependant, ma cuisine n'est pas du genre que Dieu aime. Ce sont plutôt des délices de tous les jours, extrêmement ordinaires. En d'autres termes, j'ai hérité du talent maternel et non du don paternel.

Je prenais beaucoup de plaisir à me familiariser avec les recettes locales. Les délicates saveurs de la cuisine thaï, à la fois douce, relevée et acide. Les nombreuses spécialités à base de haricots de la cuisine mexicaine. Le chawarma marocain et son agneau rôti à la perfection déposé dans du pain pita. La grande variété des currys indiens. Je partageais les plats que je cuisinais avec mes camarades de voyage aux poches aussi vides que les miennes, ou avec la famille du propriétaire de l'auberge, ce qui m'a parfois donné droit à une ristourne sur le prix du séjour. Et lorsque je me retrouvais assise avec mes invités autour d'une table, le souvenir d'une scène de mon enfance envahissait inévitablement mon esprit, comme un rêve éveillé.

Un coin barbecue avait été installé dans un parc immense à une dizaine de minutes en voiture de chez nous. L'été venu, on profitait des jours où mon père ne travaillait pas au restaurant pour organiser des sorties en famille et bien souvent on se retrouvait tous autour de ce barbecue. Nos proches et des amis nous y rejoignaient quand mon père n'avait pas réussi à réserver la salle de réunion du club.

Les enfants couraient et jouaient sur l'herbe tandis que les adultes buvaient et riaient aux éclats en préparant le repas. Au moment même où nous commencions à être fatigués de galoper comme des fous, le délicieux fumet des grillades se mettait à flotter dans l'air. A table! criait alors ma mère, et tout le monde lui obéissait. Les adultes conversaient joyeusement en dévorant des bocaux de sardines ou de thon apportés par je ne sais qui, les enfants mordaient à belles dents dans la viande grillée. Le ciel était pareil à un tissu lisse et tendu, du bleu à perte de vue, où des alouettes chantaient en tournoyant comme pour y griffonner un dessin.

La beauté excessive de cette scène, qui reprenait tout à coup vie dans ma mémoire, me faisait quelquefois vaciller. Car j'étais persuadée d'avoir rangé mes souvenirs, même les plus diffus, dans le tiroir des choses les plus détestables. Ces souvenirs pouvaient refaire surface alors même que je reniflais des épices inconnues, que je faisais mijoter des haricots jamais goûtés auparavant, que je découpais la chair rouge vif de gros morceaux de viande de mouton, et leur beauté était si brutale que les larmes me montaient aux yeux. Les voix de mon père, de ma tante, de mon frère et de ma sœur me demandant si je mangeais bien se superposaient à celle de ma mère.

J'investissais les cuisines des auberges et mon nom se mettait parfois à circuler parmi les voyageurs au long cours. De temps en temps, je recevais la visite de quelques-uns de mes compatriotes, qui avaient entendu dire qu'un « chef espagnol » préparait ici des petits plats du pays pour presque rien. Je m'en allais alors faire quelques courses au marché, et je leur faisais la cuisine. Chacun payait sa part. Un jeune homme qui n'était pas rentré chez lui depuis deux ans a pleuré sur ma tortilla. Le mijoté que je préparais avec des haricots et des saucisses du coin était partout très apprécié.

J'ai été « recrutée » à l'âge de vingt-sept ans, alors que je voyageais entre l'Inde et le Népal.

J'étais à Pokhara et j'avais réquisitionné la cuisine d'une auberge pour concocter un festin pour un groupe d'alpinistes italiens. Le Népal ne m'était pas totalement inconnu, j'y avais déjà séjourné plusieurs fois, et j'avais réussi à y nouer des relations aussi bien dans les auberges que dans les restaurants.

Pokhara était une ville réputée pour la détente et une halte fréquente pour les voyageurs et les alpinistes du monde entier en route pour le Chomolungma ou l'Annapurna, ou de retour après en avoir conquis le sommet. Mon contact, le propriétaire de l'auberge, avait été sherpa dans sa jeunesse. Il adorait la montagne et était aux petits soins avec les alpinistes. Il est venu me trouver pour m'annoncer qu'il accueillait un groupe d'Italiens et qu'il voulait que je cuisine pour eux. Qu'il avait bien cherché un Italien, mais qu'il n'en avait pas trouvé, et que, de toute façon, l'Espagne et l'Italie, ça ne devait pas être si différent que ça, me débitant des préjugés grossiers avec son sourire impossible à détester. C'était dans ses habitudes de recruter des voyageurs qui avaient un certain talent pour la cuisine. Il m'a raconté qu'un jour, il n'avait pas hésité à faire appel à un vieux monsieur japonais pour préparer à manger à un groupe de grimpeurs de son pays. Une photo aux couleurs délavées, prise lors d'un barbecue organisé pour un groupe d'Australiens, était accrochée à un des murs de l'auberge.

J'ai donc préparé pour l'occasion une salade de tomates au fromage de chèvre, un dhal de lentilles et de saucisses, des croquettes de mouton et pommes de terre. Mes pâtes n'étant pas très bien accueillies par les Italiens, j'ai opté pour un risotto. J'ai mis de la viande à griller sur du charbon de bois. Du mouton mariné dans de l'huile d'olive et des herbes. Le dîner était prêt à 17 heures, un peu plus tôt que prévu, et le personnel de la maison s'est chargé de tout mettre en place sur le toit-terrasse où devait avoir lieu la fête. Les alpinistes ont fait leur apparition les uns après les autres. Les cris de joie et les rires fusaient de tous les côtés. J'avais entendu dire que des amateurs, que l'on appelait « invités », étaient venus se mêler aux alpinistes dits « professionnels ». Les sherpas locaux mangeaient eux aussi de bon cœur.

Après le coucher du soleil, alors que la blancheur de l'Annapurna se détachait dans le ciel sombre, une voix m'a tout à coup demandé pourquoi je n'en faisais pas mon métier. L'homme à qui elle appartenait devait avoir une trentaine d'années et maîtrisait parfaitement l'anglais, qu'il parlait sans aucun accent. J'allais bientôt découvrir qu'il n'était pas alpiniste, mais qu'il avait été invité à la soirée par un ami qui faisait partie du groupe mis à l'honneur ce soir-là.

— Mon métier ? Vous voulez dire, m'installer ici et cuisiner pour les alpinistes ? Impossible. Rester au même endroit, ce n'est vraiment pas dans ma nature, ai-je décliné en versant du vin dans un verre que je lui ai tendu.

— Alors c'est encore mieux. Puisque moi, j'avais à l'esprit un travail qui consisterait à préparer des repas tout en parcourant le monde.

Il a siroté une gorgée de vin puis s'est expliqué.

Il travaillait pour une ONG qui se rendait dans les camps de réfugiés du monde entier où elle s'établissait pour quelques semaines, parfois même quelques mois, pour y distribuer gratuitement des repas. Ce qu'il m'avait suggéré, en réalité, c'était de rejoindre les rangs de cette organisation.

— Vous connaissez sans doute Médecins sans frontières. C'est un peu la même chose, mais en version culinaire. Chefs sans frontières, a-t-il ajouté en riant.

A ce moment très précis, j'ai réalisé que je n'avais jamais réfléchi à une carrière. Ma vie était faite de petits boulots et de voyages, de voyages et de petits boulots, une existence insouciante que d'une certaine manière je croyais pouvoir mener pour le restant de mes jours. Je n'ai rien ressenti de particulier en l'entendant raconter cette histoire. J'ai tout au plus été légèrement surprise d'apprendre l'existence d'un métier comme celui-là. Et si je lui ai demandé si les volontaires étaient payés, c'était par curiosité, rien de plus. Or, ma question lui a apparemment fait croire que mon intérêt avait été éveillé, car il s'est lancé dans un exposé enthousiaste en m'expliquant que les volontaires touchaient en effet de l'argent, mais qu'on risquait d'être déçu si on s'attendait à un gros salaire. Que le siège de l'ONG Our Garden, « Notre Jardin », se trouvait en Angleterre mais qu'elle possédait des antennes aux quatre coins du monde. Qu'elle était sponsorisée par un grand nombre d'entreprises et que leur soutien était sa principale source de financement, le reste provenant de dons. Il est même allé jusqu'à mentionner le montant précis de ses revenus. Puis il m'a dévisagée, l'air grave soudain.

— Bien sûr, c'est loin d'être tout repos. Les camps de réfugiés sont la plupart du temps situés dans des zones de conflit. On peut se retrouver coincé au beau milieu d'une émeute, et si la situation tourne vraiment mal, on peut se faire enlever ou même voir sa vie menacée.

D'accord pour tout ça, mais ensuite ? me suis-je alors demandé. On ne pouvait pas distribuer des repas à ces gens pour le reste de leurs jours. S'installer dans un camp pendant un certain temps, risquer sa vie pour distribuer des repas chauds, rentrer chez soi. Et ensuite ? Eux, que devenaient-ils ? Ils se retrouvaient de nouveau le ventre vide ? Ce n'était pas une solution à mes yeux.

J'ai gardé mes réflexions pour moi parce que cela ne m'intéressait pas. Je n'avais pas envie de me lancer dans un débat avec un homme que je venais à peine de rencontrer. Les dons ou le bénévolat m'avaient toujours laissée sceptique. Comment pouvait-on croire qu'un don de cent euros à l'Unicef avait le pouvoir de changer quoi que ce soit ?

— En ce moment, je travaille au camp de réfugiés de Pokhara. Mon ami m'a contacté pour me dire qu'il faisait une halte en ville, d'où ma présence ici ce soir. Il y a quatre camps de réfugiés dans les environs. On y accueille des Tibétains qui ont fui leur pays. Ce sont des endroits plutôt tranquilles, aucun risque d'émeute, même si on ne sait jamais ce qui peut arriver. Si ça vous intéresse, vous pouvez venir voir. Vous n'aurez qu'à m'appeler, je passerai vous prendre à l'auberge.

— Merci, ai-je déclaré, même si je n'avais nullement l'intention de répondre à son invitation.

Par-dessus son épaule, je pouvais distinguer les ombres des convives en train de partager un verre de vin, de rire, de croquer dans des morceaux de viande, ou de compter les étoiles, le nez levé vers le ciel nocturne.

— Demain, nous partons à la conquête du Chomolungma ! Nous allons laisser cette ville derrière nous pour nous préparer en altitude, s'est écrié l'un d'entre eux.

— Avec tout le vin qu'ils ont bu… J'espère que tout se passera bien pour eux, ai-je murmuré à part moi.

L'homme s'est retourné en souriant.

— Ne vous en faites pas. Ils sont italiens, après tout.

Il a tiré une carte de visite de la poche de son pantalon.

— Si ça vous tente… n'hésitez pas à me passer un coup de fil, a-t-il insisté en me la tendant.

La petite fête a pris fin à 20 heures. Au moment de partir, tous les invités ont voulu me serrer la main.

— C'était délicieux, vraiment.

— Et si on abusait et qu'on vous emmenait avec nous au sommet ? Vous seriez notre chef attitrée !

— Ce repas, c'est la garantie qu'on arrivera sains et saufs au sommet.

— Grâce à vous, j'ai fait le plein d'énergie ! m'ont-ils complimentée à tour de rôle.

Puis ils s'en sont allés dans une joyeuse pagaille. J'ai aidé le personnel à débarrasser les tables et à tout remettre en ordre. Les plats étaient quasiment vides, ce qui m'a amenée à croire qu'ils pensaient vraiment ce qu'ils m'avaient dit.

J'étais censée tout oublier de cette histoire de Chefs sans frontières. Trois jours plus tard, je devais rejoindre l'Inde en passant par Katmandou et Barganj, sillonner le pays pendant deux semaines et rentrer à Barcelone depuis Delhi. J'ai suivi le programme de mon voyage, comme prévu. Comme prévu, mon petit ami allait venir m'accueillir à Barcelone, et nous allions rentrer chez nous en voiture. Quelques jours plus tard, j'allais reprendre mon train-train quotidien, chercher un petit boulot, réfléchir à ma prochaine destination. Du moins, c'est ce qui se serait passé si je n'avais pas appelé l'auberge à Pokhara sur un coup de tête en attendant l'embarquement.

Mon vol ayant été retardé, j'avais beaucoup de temps devant moi. Et bien trop de roupies dans les poches. J'ai donc téléphoné à mon petit ami pour lui annoncer que j'allais atterrir en retard. Une fois ce coup de fil passé, il me restait encore pas mal d'argent et de temps à tuer. C'est alors que tout à coup, vraiment tout à coup, le groupe pour qui j'avais préparé le festin m'est revenu à l'esprit et j'ai eu l'envie soudaine d'appeler le propriétaire de l'auberge pour prendre de leurs nouvelles.

Il m'a expliqué que depuis la veille, il n'arrivait pas à joindre l'équipe qui avait repris l'ascension trois jours plus tôt, après avoir terminé sa préparation au camp de base avancé. Je lui ai demandé s'il croyait qu'il leur était arrivé quelque chose.

— Sûrement.

— Qu'est-ce qu'on peut faire ?

— Rien, à part attendre qu'ils soient en mesure de nous contacter.

Le silence s'éternisait.

— A chaque fois, je me dis… ah… je suis content qu'ils aient au moins bien mangé ce jour-là… a-t-il finalement déclaré.

J'ai promis de le rappeler avant de raccrocher. Je ne savais pas quoi penser. Je suis entrée dans un des bars de l'aéroport où j'ai avalé une bière. Mes pas m'ont ensuite menée vers une boutique de duty-free où j'ai humé un nombre incalculable de parfums. Je n'ai pas acheté de parfum, mais un magazine à lire durant le vol, puis je suis allée aux toilettes, et l'heure du départ approchant, je me suis acheminée vers la porte d'embarquement. J'ai patienté, fait la queue, me suis tant bien que mal installée sur mon siège étroit.

Je suis content qu'ils aient au moins bien mangé ce jour-là… c'est la garantie qu'on arrivera sains et saufs au sommet… notre chef attitrée… vous emmener avec nous au sommet…

Des voix se mettaient à résonner dans ma tête dès que je fermais les yeux. Et cette scène de mon enfance, pareille à un rêve, jaillissait sans cesse derrière mes paupières… Le ciel d'azur, les plats qui s'alignaient par dizaines sur la table, les enfants qui gambadaient dans la pelouse, les herbes folles qui nous chatouillaient les jambes, la fumée du barbecue.

A chaque fois je me dis… Ce n'était donc pas la première fois que cela arrivait. Après avoir profité des saveurs de leur terre natale, combien de ces groupes avaient pris la route vers le sommet pour ne jamais en revenir ? J'ai soudain compris la raison qui poussait le propriétaire à recruter des cuisiniers. Ce qu'il voulait, c'était offrir des goûts empreints de nostalgie à ceux qui partaient pour un long voyage.

Je n'ai pas réussi à trouver le sommeil.

L'avion s'est posé sans encombre sur la piste de l'aéroport de Barcelone. Les passagers se sont levés pour s'emparer de leurs bagages rangés au-dessus de leur tête et nous sommes descendus de l'avion en une longue file sans fin. Nous avons emprunté un couloir interminable à pas pressés, comme engagés dans une course, nous avons fait la queue pour gagner un tampon sur notre passeport et avons attendu l'arrivée de nos bagages. J'ai ramassé et enfilé mon sac à dos, qui avait besoin d'un bon nettoyage. J'ai farfouillé dans mon sac à main à la recherche de la carte de visite. J'ai franchi la porte des arrivées et, tout en cherchant des yeux mon petit ami censé venir me chercher, j'ai décidé d'appeler l'homme qui me l'avait donnée.

4

Mon petit ami, qui m'avait pourtant promis de venir m'accueillir à l'aéroport, n'est pas là. Tant pis. J'attrape mon portable pour lui passer un coup de fil. Quelle fabuleuse époque nous vivons, suis-je tentée de penser dans ce genre de situation. Parce que si j'avais possédé cette merveilleuse invention qu'est le téléphone portable quand j'avais vingt ans, un tas de choses se seraient passées différemment. Mes relations amoureuses, notamment. Une fois, au retour d'un voyage de trois mois, j'avais découvert que mon petit ami s'était mis en couple avec une de mes amies. J'avais été plaquée par un garçon de toute évidence peu satisfait par ma réaction quand il m'avait demandé de choisir entre lui ou les voyages. Probablement que je n'aurais pas eu à subir ces mésaventures si les mails et les portables avaient existé à l'époque.

— T'es où ? je demande à José en entendant le déclic.

— Désolé, un boulot urgent. Je n'ai pas pu venir.

— Je vois. Bon, je vais rentrer alors.

Je suis sur le point de raccrocher quand il lui semble bon d'ajouter :

– Il faut qu'on parle.

Un mauvais pressentiment me saisit la poitrine. Cette discussion qu'il veut avoir ne va sûrement pas être des plus agréables.

— D'accord. Je t'attends à la maison ?

— Je serai là vers 8 heures. On parlera à ce moment-là.

Je raccroche et je traîne ma valise jusqu'au quai de la gare.

Carpaccio de poulpe. Salade de thon et œufs. Mijoté de haricots. Ragoût de poulet à la tomate. Je dresse la liste des plats préférés de José dans ma tête. Je suis fatiguée. Mais j'ai eu droit à quelques heures de sommeil réparateur durant le vol.

Je me décide à passer un appel en attendant l'arrivée du train. Ma sœur répond à la deuxième sonnerie.

— Je viens de rentrer.

— Super. Tu as mangé comme il faut là-bas ?

L'éternelle rengaine.

— J'ai mangé. Je te rappelle que mon boulot, c'est de cuisiner pour les autres.

— Je suis contente que tu ailles bien. Je vais prévenir papa et le reste de la famille, mais tu devrais l'appeler, toi aussi.

— Oui, je lui téléphonerai pendant sa pause.

Le restaurant de mon père a été redécoré il y a cinq ans. Le mari de ma tante s'est bien évidemment chargé des plans et ma tante a coordonné la rénovation. Mon grand frère, qui travaille à présent sous les ordres de notre père, m'avait envoyé une photo par mail. Un restaurant moderne avec une déco à dominante noire et blanche. Et quelques mois plus tard, mon père obtenait sa troisième étoile au guide Michelin. La profane que je suis n'a très certainement aucune idée de l'immense honneur que ces étoiles représentent, mais est tout de même en mesure de comprendre qu'il s'agit là d'une récompense incroyable. J'étais au Sri Lanka quand je l'ai appris. Je savais qu'ils allaient fêter la bonne nouvelle au club. Je n'avais aucun mal à visualiser la scène. Et la profusion de plats qui allaient recouvrir la table.

Aujourd'hui, son restaurant affiche complet trois mois à l'avance. Mon père, la soixantaine bien tassée, est toujours en cuisine. Succès ou non, il n'a jamais renoncé à sa philosophie, sa conviction la plus absolue. Je me rappelle ce soir-là, à Barcelone. Je me souviens de lui, et de son histoire de succursale. Je n'ai aucune raison de croire que mon père, cet homme farouchement convaincu que la place d'un cuisinier est en cuisine, aurait pu accepter d'ouvrir une succursale ou quelque chose dans ce goût-là.

Sur le chemin du retour, je m'arrête au supermarché pour faire quelques courses. Je fais aussi un arrêt chez le caviste, j'y choisis un bon vin. Puis je pousse la porte de chez moi, pour la première fois depuis six mois. L'appartement est impeccable. José, en bon maniaque de la propreté, n'a aucun mal à faire le ménage tous les jours. Au début de notre vie à deux, je me disais qu'il était l'homme idéal. Il aime boire et manger, le foot et danser, affirmer haut et fort que ma cuisine est la meilleure du monde et inviter une foule d'amis à la maison pour faire la fête. Originaire de Madrid, il ne lui viendrait pas à l'idée qu'une femme doit se consacrer à son foyer. Le mariage n'est pas non plus une institution incontournable à ses yeux. Il n'est pas du genre à penser qu'on est *censé* faire ceci ou cela, *obligé* de faire ceci ou cela.

La première fois que nous nous sommes rencontrés, quand je lui ai expliqué la nature de mon travail, il a pleuré. Ce que tu fais est merveilleux, m'a-t-il dit. C'est comme si tu compensais les défaillances de Dieu. Moi j'en serais incapable. Tu as été choisie, Ainhoa, tu as été choisie par Dieu.

Le jeune homme qui pleurait devant moi gagnait sa vie comme paysagiste.

— C'est un boulot remarquable, l'ai-je complimenté.

— Les métiers pour lesquels on n'a pas besoin d'être choisi par Dieu sont bien plus nombreux, a-t-il répliqué gravement.

C'était l'homme idéal — pas besoin d'employer le passé, *c'est* l'homme idéal. Encore maintenant.

Je m'en vais dans la chambre déposer ma valise et mon sac de voyage. Je rangerai tout ça demain, me dis-je une fois dans la cuisine. Je déniche une bouteille de vin blanc ouverte au frigo, m'en sers un verre que je compte bien savourer pendant que je prépare le repas.

J'ai commencé à travailler pour l'ONG Our Garden à vingt-sept ans, au retour de mon voyage en Inde et au Népal. La plupart du temps, j'occupe un poste dans un bureau à Barcelone. Mais deux fois par an environ, je pars pour des séjours de trois à six mois dans différents camps de réfugiés à travers le monde où, en collaboration avec les équipes du Haut-Commissariat des Nations unies pour les réfugiés (HCNUR) ou du Programme alimentaire mondial, nous organisons des distributions de repas. L'an dernier, j'ai atterri dans un camp à Kakuma, au Kenya, à proximité de la frontière avec l'Ouganda. Jusqu'à hier, j'étais à Kaboul.

Faire cuire les haricots, couper la baguette de pain. Faire sauter les légumes taillés en tronçons, les mettre à mijoter avec les tomates et le poulet.

Dans cette ville, où la structure mise à nu des bâtiments semble tendre une main secourable au milieu des ruines, où les murs des habitations portent encore les stigmates des balles, où les décombres forment par endroits des montagnes, s'ouvrent des marchés. Dans le camp où s'éparpillent, pareilles à des ordures, les tentes et les baraques dressées à la hâte, s'alignent des étals. Contre toute attente, on y propose de tout : grenades, oranges, choux-fleurs, pommes de terre, aubergines, oignons, viande de mouton et de bœuf, poulets, pain, haricots, céréales. Ces marchandises demeurent simplement inaccessibles aux réfugiés du camp.

Et ensuite ? Voilà ce que j'avais pensé lorsqu'un homme rencontré lors d'un de mes voyages insouciants s'était mis à me parler d'aide alimentaire. Qu'on ne pouvait pas continuer d'offrir des repas à ces gens pour le reste de leurs jours.

Ma première expérience *sur place*, je l'ai vécue il y a six ans, dans une station balnéaire en Thaïlande. L'île avait été dévastée par un terrible tremblement de terre suivi d'un tsunami. J'ai participé à l'aide alimentaire et à des activités de sauvetage pendant trois mois. Je connaissais bien l'île, puisque je m'y étais installée pour souffler un peu au cours d'un de mes périples au budget serré. Mais l'endroit était méconnaissable. C'est là-bas que j'ai enfin compris. Que ce n'était pas le moment de se demander, *et ensuite*. J'ai compris, non pas avec ma tête, mais avec mon corps, que l'idée selon laquelle offrir un peu de nourriture n'était en rien une solution était une théorie totalement coupée de la réalité. Pendant que nous attendons une solution miracle, pendant que nous dénonçons les abus, pendant que nous appelons à la paix, pendant que nous brandissons l'étendard de la justice, des gens meurent de faim. Un an plus tard, cinq ans plus tard… envisager un futur n'est pas permis quand on ne peut pas survivre à aujourd'hui. S'il faut s'inquiéter, ce n'est pas pour l'avenir, c'est pour aujourd'hui, pour maintenant.

17 heures, le repas est prêt. Il ne me restera plus qu'à réchauffer et à dresser les plats avant le retour de José. Je range la bouteille de vin rouge achetée tout à l'heure au frigo, je prends une douche et j'enfile une tenue confortable. J'hésite à appeler mon père, renonce à l'idée. Et je finis par m'endormir.

Si je rêve de la salle de réunion du club, du soleil qui y entre à flots par les fenêtres, de mon père qui coupe du pain, verse du txakoli, porte un toast à la ronde dans la pièce inondée de rires et de lumière, c'est sûrement à cause des effluves des plats mijotés qui s'échappent de la cuisine.

J'ouvre soudain les yeux. Il fait encore jour dehors. Bientôt 20 heures ! Je me lève à toute vitesse, me recoiffe avec les doigts, me précipite vers la cuisine. Je sors les assiettes et les verres, dispose sur la table les mets qui n'ont pas besoin d'être réchauffés.

José rentre à 20 heures passées. Il jette un coup d'œil à la table, me caresse doucement les cheveux.

— Je vais prendre une douche, annonce-t-il avant d'entrer dans la salle de bain.

Je poursuis mes préparatifs, le cœur tenaillé par un sombre pressentiment. José émerge de la salle de bain à l'instant même où je finis de réchauffer le dîner. Il prend place à table. Nous trinquons au vin blanc. Je commence à manger, mais José, lui, ne touche pas à sa fourchette. Il se contente de me regarder et de boire. Il me faut chasser ce pressentiment de ma poitrine, alors j'ouvre la bouche. Je lui décris les scènes qui se déroulaient sous mes yeux la veille encore. Les marchés grouillant de vie, le contraste qu'ils offraient avec le camp. La petite fille d'à peine six ans qui élevait seule un bébé. Les approvisionnements de secours, bloqués on ne sait où, qui n'arrivaient jamais à destination. Le grondement des bombardements, les sourires des enfants, la queue qui n'en finissait pas lors des distributions de repas.

— Et tu en es fière ? m'interrompt-il soudain.

Je le regarde dans les yeux, bouche bée.

— Pardon ?

— D'avoir vécu dans un endroit aussi dangereux. Tu en es fière ?

— Pourquoi faudrait-il que j'en sois fière ?

Je comprenais les mots qui sortaient de sa bouche, mais pas le message qu'ils cherchaient à me faire passer.

— Tu auras beau m'en parler pendant des heures, je ne pourrai jamais imaginer ce que c'est. Je n'ai jamais rien vu de ce que tu me décris, et je doute de le voir un jour. Je n'ai certainement pas envie d'entendre le bruit des bombes qui tombent, encore moins de voir des gens mourir. Alors, ne gaspille pas ta salive.

Son sourire, contrairement à ses paroles, est doux.

— Dans ce cas, je ne t'en parlerai plus. Désolée de t'avoir ennuyé avec mes histoires.

Je souris moi aussi, puis je dépose une cuillérée de mijoté aux haricots sur ma langue. Et la nostalgie passe à l'attaque. Hier encore, mes repas se limitaient à des pommes de terre et à des céréales. Il y avait bien des haricots là-bas, et mon mijoté avait rencontré un franc succès, mais allez savoir pourquoi, il ne ressemblait en rien à celui que je venais de préparer ici, avec ces haricots-ci.

— Qu'est-ce que tu faisais ? Tu ne m'as pas envoyé beaucoup de mails vers la fin de mon séjour. Je me suis dit que tu devais être très occupé.

— Bon, on dirait bien que je n'y arrive pas, en fait, déclare-t-il, toujours en souriant.

Les lèvres figées en un rictus, je le dévisage, attendant la suite. Tout ira bien. Ce n'est pas la première fois que ça m'arrive.

— Tu pars pour une zone dangereuse, et moi je m'inquiète. Chaque matin, je me demande si tu es saine et sauve, et un poids s'enlève de mon cœur quand je reçois un de tes mails. Mais je ne suis pas sûr de pouvoir continuer comme ça, Ainhoa. Je ne peux pas continuer à partager la vie de quelqu'un qui parle de ça avec autant de légèreté, qui va même jusqu'à lancer quelques blagues, qui se vante de ce qu'elle a vécu là-bas sans même penser à ce que moi je peux bien ressentir.

Ce n'est pas la première fois que ça m'arrive. Mais toi, José, toi, quand nous nous sommes rencontrés, ne m'as-tu pas dit que ce que je faisais était merveilleux ? De toute évidence, cette réplique n'est plus d'actualité. Ce n'est pas parce que tu le pensais à l'époque que tu le penses encore aujourd'hui, n'est-ce pas ? Le temps passe, les gens changent. Je le sais, parce que ce n'est pas la première fois que ça m'arrive. Je vois. Les téléphones ne suffiront jamais à sauver ma vie amoureuse.

— Je m'en doutais. Que tu allais me dire ça. Mais ça fait quatre ans maintenant qu'on est ensemble, tu ne crois pas que ce serait du gâchis que je te réponde simplement, bien sûr, je comprends, et que notre histoire se termine comme ça ? Je pense qu'on devrait en discuter un peu. Tu n'as pas faim ? Tu adores le ragoût de poulet, non ?

Je tends la main pour le servir, mais José n'esquisse pas le moindre geste vers son assiette.

— Vraiment ? Tu as vraiment envie qu'on discute de notre séparation autour d'un repas amical ?

Son sourire s'efface enfin. Je réalise alors qu'il l'affichait uniquement pour dissimuler sa colère et sa déception.

— Ce sera sûrement notre dernier dîner ensemble, dis-je encore, sentant poindre la détresse en moi.

Qu'y a-t-il de mal à vouloir en discuter en toute amitié ? Qu'y a-t-il de mal à vouloir que le souvenir de nos dernières heures passées ensemble soit celui d'un repas heureux ?

… Oh.

A cette pensée, je crie presque. Un souvenir en particulier, le premier jour de mes vacances d'été quand je n'étais encore qu'au lycée, surgit soudain.

La famille rassemblée dans la salle du club, mon père qui avait mitonné les plats préférés de ma mère, le txakoli qui coulait des bouteilles tenues très haut au-dessus des verres, la lumière blanche de cette soirée d'été, les larmes de ma sœur, le mutisme de mon frère, le visage crispé de mon père comme en proie à une douleur physique. Les miettes de pain, les bouteilles et les assiettes vides.

Un rire m'échappe. J'ai adopté le même comportement que mon père.

— Qu'est-ce qu'il y a de si drôle? dit l'homme que j'ai aimé, et que je continue d'aimer.

Il ne cherche désormais plus à masquer sa colère et sa déception.

Je suis exactement comme eux. J'ai cru pouvoir leur échapper en m'enfuyant, mais je suis de cette famille. La cuisine de tous les jours de ma mère, celle, théâtrale, de mon père, les repas partagés autour d'une même table, tout cela est gravé en moi, quoi que je fasse. C'est ce dont je suis faite, ce qui a modelé celle que je suis. Joie, tristesse, amertume, soulagement… nous ne ressentons pas les émotions, nous les goûtons. Nous les déposons sur la table autour de laquelle nous nous asseyons, et nous les partageons.

Est-ce que c'est la meilleure manière de faire? Je n'en sais rien. Mais c'est la seule que nous connaissons. Je comprends enfin. Le pourquoi de cette fameuse réunion. Mon père. Ces adultes incapables de se comporter autrement. Je les comprends enfin. Tous.

— Ce qui m'a poussée à me lancer dans cette voie…

Les mots franchissent mes lèvres malgré moi. J'ai l'impression que ce n'est pas ma voix qui parvient jusqu'à mes oreilles, mais le son d'une télévision.

— C'est un repas en particulier, un festin qu'on m'avait demandé de préparer tout spécialement pour un groupe d'Italiens, des alpinistes qui se préparaient à partir à l'ascension d'un sommet. Mais en chemin, ils ont essuyé le mauvais temps et sont passés à deux doigts de la catastrophe. Quand j'ai appris qu'on était sans nouvelles d'eux, j'ai été heureuse d'avoir pu cuisiner pour eux. Heureuse d'avoir pu les entendre me dire qu'ils s'étaient régalés. Parce que grâce à ma cuisine, ils étaient partis avec un dernier souvenir, celui d'un repas heureux partagé avec des amis. Ce n'est que plus tard que j'ai su qu'ils avaient fini par renoncer à l'ascension et qu'ils étaient redescendus de la montagne. Par bonheur, il n'y a eu ni blessé ni mort, dis-je à mon petit ami en face de moi.

Je bois une gorgée de vin, coupe un morceau de poulet, le porte à ma bouche, le mâche consciencieusement et reprends :

— J'ai accepté le poste qu'on m'avait proposé tout de suite après ça, même si j'avais encore quelques doutes. Est-ce que c'était vraiment utile ? Cette question me tourmentait. Les réfugiés sont forcés de vivre pendant des années, parfois même pendant toute leur vie, dans ces camps, ces endroits qui ne sont pas les leurs, où ils doivent lutter pour se nourrir chaque jour que Dieu fait. Leur offrir des repas pendant un mois, six mois ou même un an… ça ne rime à rien, non ? Puisque de toute façon, la famine, il est impossible de l'éradiquer.

Je verse un peu de vin blanc dans son verre auquel il a à peine touché, comme pour l'inciter à boire. Il me regarde faire puis il se lève en silence. Je poursuis mes coups de fourchette.

— Et puis je me suis souvenue de ce que j'avais ressenti à ce moment-là. De ce qui m'avait traversé l'esprit quand j'avais appris qu'on avait perdu le contact avec les alpinistes. Ma cuisine leur avait laissé un souvenir heureux. Pouvoir créer un souvenir de repas heureux, c'est bien. En créer le plus grand nombre possible, ça serait mieux. Mais si ce n'est pas faisable, alors un seul, rien qu'un seul, c'est déjà bien. J'en suis venue à souhaiter que tous les êtres humains en ce monde puissent avoir au moins le souvenir heureux d'une famille réunie autour d'une table. Et peu importe l'endroit ils se trouvent. Qu'ils survivent dans une zone dangereuse, là où la guerre n'en finit pas, là où la terre est stérile, ou sur une île meurtrie par les catastrophes. C'est probablement un rêve absurde, extravagant, et peut-être même un peu arrogant, mais c'est ce que je souhaite du fond du cœur. Et je persiste à croire que c'est possible.

Mon petit ami me tourne le dos, s'éloigne de moi. Il ouvre la porte du couloir, fait un pas en avant, la referme derrière lui. Le silence retombe dans la pièce. Les yeux rivés sur l'assiette immaculée de mon ex-petit ami, je poursuis :

— Avant de commencer ce boulot, je m'imaginais que la distribution des repas se faisait dans le chaos. Qu'on se battait pour arriver en premier, pour avoir un peu de nourriture. Mais j'avais faux sur toute la ligne. Les enfants regardent le repas chaud qu'on leur sert, le visage vide de toute expression. Ils ne savent pas si c'est quelque chose de bon, quelque chose à manger, quelque chose qui leur fera plaisir. Ils n'ont pas ce genre de souvenirs, alors ils ne peuvent pas savoir. Et petit à petit, au fil des jours, une expression commence à naître sur leur visage, dans leurs yeux. Ils se rassemblent en famille, au pied d'un arbre, forment un cercle, les enfants portant dans leurs bras des plus petits qu'eux, et ils mangent la cuisine que nous leur avons préparée.

Il m'est souvent arrivé de superposer à ces scènes mes propres souvenirs. Des images de tablées joyeuses, de visages resplendissant de bonheur, les jours de barbecue, dans la salle du club, dans notre salle à manger. Et la ressemblance était frappante. Mon travail m'a fait comprendre que, qu'ils soient riches ou pauvres, qu'ils se trouvent dans une zone de guerre ensevelie sous les décombres, dans une zone sinistrée où les cicatrices de la catastrophe sont encore fraîches, les parents et les enfants qui partagent un repas épaule contre épaule se ressemblent étrangement. Cette scène est la même partout.

— C'est vraiment dommage. D'avoir raté cette chance de nous créer un souvenir de repas heureux ensemble, dis-je dans un murmure.

Et je continue de manger, seule.

Le rendez-vous est fixé à 20 h 30. J'entre dans les cuisines à 19 heures et j'attaque aussitôt ce que j'ai à faire. J'émiette la morue préalablement réhydratée, la fais revenir dans de l'huile d'olive. Je jette du jambon cru taillé en menus morceaux dans ma béchamel, forme des petites boules avec la préparation.

Mon grand frère, la sœur aînée de ma mère et le petit frère de mon père apparaissent un peu avant 20 heures. Je sens leur surprise plus que je ne la vois. Ils se regardent, l'air de se demander s'ils devraient m'empêcher de continuer. Les familles des membres du club, femmes y compris, sont aujourd'hui autorisées à occuper la salle de réunion. Mais la cuisine demeure un lieu exclusivement réservé aux hommes. Je ne le sais que trop bien. Mais, bon sang, nous sommes au XXIe siècle. Les temps ont changé. Et je me fais un devoir de le faire rentrer dans le crâne de ces hommes qui ne savent rien du monde extérieur.

Je sers du txakoli aux premiers arrivants, leur propose de commencer à boire sans moi, et je reprends mon couteau. Mon père arrive à 20 heures passées. Nos retrouvailles, pour la première fois depuis longtemps. Je revois encore sa silhouette de dos, la dernière fois que nous nous sommes vus. Mon père, venu me voir à Barcelone en prétextant l'ouverture d'une succursale. Mon père, qui s'éloignait de moi.

— Qu'est-ce que tu fais ? Je vais m'occuper du reste. Sors de là, aboie-t-il.

— J'ai décidé que ce serait à moi de préparer le repas ce soir. Tu n'as qu'à boire un coup en attendant.

Je lui tends un verre.

— Seuls les hommes sont autorisés à entrer dans la cuisine et c'est à l'hôte de servir l'alcool, s'obstine-t-il alors que je suis sur le point de lui servir du txakoli.

— Eh bien, l'hôte du jour, c'est moi. Et c'est très bien comme ça. Ne sois pas si vieux jeu.

— Vieux jeu ou pas, c'est la tradition ici et tout le monde la respecte, alors pourquoi notre famille devraitelle agir différemment ?

— On est entre nous aujourd'hui, et si tout le monde tient sa langue, ta bande de copains à la tête dure n'en saura jamais rien.

— Comment ça, à la tête dure ?

— Ça suffit ! s'interpose énergiquement ma tante. Ainhoa est revenue, non ? Je me fiche de savoir qui fait la cuisine. Tant qu'il y a de bonnes choses à manger !

Je pouffe de rire. Mon frère et mon oncle rient de bon cœur avec moi.

— Tu as bien raison ! Tant que c'est bon, le reste, on s'en fiche, renchérit mon oncle.

Résigné, mon père accepte enfin le verre de txakoli que je lui ai servi.

La famille est au complet à 20 h 30. A leur entrée, ils ont tous été stupéfaits de voir que c'était moi qui m'affairais en cuisine. Les enfants de ma grande sœur sont au collège à présent. Ils sont le portrait craché de leur mère. Je balaie la salle du regard et je constate que nous avons tous vieilli.

Une fois les plats déposés sur la table, mon père et moi servons du txakoli à tous les convives. Ma sœur se charge de couper le pain. Nous portons ensuite un toast et nous nous emparons de nos fourchettes. Je n'ai pas mangé en famille depuis ce fameux soir. Depuis cette soirée d'été où j'ai appris que ma mère ne rentrerait plus jamais à la maison. J'ai passé ma vie à les fuir et pourtant c'est ici, avec eux, que je me retrouve aujourd'hui.

Je leur raconte, au fil des questions qu'ils me posent. Les nombreux pays où j'ai cuisiné, les plats que j'y ai préparés. J'expose des bribes du monde à mon père, ma tante, mon oncle pour qui le monde se résume à cette ville. Je leur parle des repas servis, des familles qui les ont mangés. Lors d'une pause, au milieu de mon histoire, une voix me parvient.

Et toi, est-ce que tu manges bien ?

A ma mère, assise avec nous, quelque part autour de cette table, je murmure dans mon cœur :

Je mange bien, ne t'en fais pas.

INOUE Areno

Les Raisons

Pourquoi ? me demandaient-ils tous.

On m'a appris depuis ma plus tendre enfance que je devais répondre aux questions qu'on me posait. Alors je réfléchissais à celle-ci.

Des raisons, je pourrais leur en donner à l'infini. Il était gentil. Viril. Bon cuisinier. Intelligent. Cultivé. Il avait bon goût. Des yeux magnifiques. De grandes mains. Le corps chaud. Il sentait bon.

Je pourrais leur dire que même s'il prenait de l'âge, il restait jeune dans sa tête. Que son corps aussi était suffisamment jeune. Que soixante ans, ce n'était pas vieux. Que même si c'était un vieil homme, il était formidable. Qu'il était formidable justement parce que c'était un vieil homme.

Vraiment, il existait une myriade de raisons pour lesquelles j'aimais Carlo. Mais…

Je me suis arraché un ongle avec les dents. Une sale manie, un tic agaçant qui me prend lorsque je suis inquiète ou énervée. Si Carlo était là, il me dirait que je n'ai qu'à ronger les siens. Qu'il s'occupait de tout, que je n'avais pas à m'en faire.

Mais pour l'heure, Carlo n'était pas là, avec moi. Alors j'ai continué de me mordiller les ongles tout en butant sur ce *mais*. Mais peut-être qu'avoir des raisons à l'infini, cela revenait au même que de ne pas en avoir une seule.

Les légumes qui mijotaient dans la marmite étaient suffisamment tendres.

Oignons, céleri, tomates, deux variétés de courgettes, poivrons et haricots verts. Tous cueillis dans notre jardin. Assaisonnés avec juste un peu de sel. Une pleine marmite de minestrone. Dans la maison du Montferrato où Carlo avait grandi, on écrasait les légumes au mixeur plongeant.

J'ai arrêté le mixeur pour tendre l'oreille. Quelqu'un frappait à la porte. Ce n'était pas le cognement sec de notre heurtoir en forme de chouette que Carlo y avait installé, un objet qu'il avait rapporté d'un village fantôme de l'autre côté de la colline. On aurait plutôt dit que le visiteur se servait de son épaule ou de sa tête pour taper contre le battant. Je me suis précipitée dans l'entrée. Pensant que Carlo était peut-être rentré. J'ai découvert un âne sur le seuil.

— Neve…

Je n'ai pas pu lutter contre la pointe de désespoir dans ma voix. Si Neve était arrivé jusque-là, cela voulait dire que nos ânes avaient encore réussi à s'enfuir de leur enclos.

— Où est Nebbia ?

Avant de sortir, j'ai attrapé mon chapeau de paille accroché au portemanteau. Une fois le pied posé dehors, je me suis tout à coup retrouvée enveloppée par le parfum des herbages. Le soleil était implacable. Même sur ce bout de terre surplombé par les Alpes, il faisait plutôt chaud à midi en plein mois de juillet.

Carlo a enseigné l'anglais dans un lycée pendant trente ans. Et avec l'argent de sa prime de retraite, il a acheté une succession de trois collines. Puis il m'a épousée. De rares maisons en pierre, autrefois le foyer de personnes qui avaient à présent déserté les lieux, résistaient encore, ici et là. C'est dans l'une d'entre elles que nous nous sommes installés. Nous avons restauré l'endroit nous-mêmes. Nous avons empilé des pierres, arraché les mauvaises herbes, labouré la terre. Nous, Carlo et moi. Quand nous étions tous les deux, cela me paraissait être le nombre juste.

Avant même de repérer Nebbia, notre âne mâle, j'ai été stoppée en chemin par le spectacle de notre jardin massacré. Qui ne m'a arraché aucune réaction. Cela s'était déjà produit une fois, et j'avais alors poussé un cri en découvrant les plants de haricots anéantis et les parterres de fleurs ravagés, mais c'était parce que Carlo était à côté de moi et pouvait l'entendre. Ne t'en fais pas, nous allons replanter des haricots et les fleurs retrouveront bientôt toute leur splendeur. Parce que je voulais qu'il me réconforte.

J'ai simplement poussé un grand soupir. Un de ces soupirs tant détestés par Carlo (qui aimait répéter que les soupirs balayaient le bonheur). J'ai trouvé Nebbia dans le hangar à bois, je suis allée récupérer Neve, qui venait tout juste de revenir sur les lieux du crime pour terminer de se remplir la panse, et je les ai tous les deux poussés dans l'écurie. Les deux chevaux ont gratté la paille en signe de mécontentement. Il y a dix mois de cela environ, alors que je débroussaillais les taillis derrière l'écurie, j'avais mis au jour une maison à moitié ensevelie sous le lierre et la terre. J'avais l'intention de la reconvertir en abri pour les ânes.

— Stupide animal ! ai-je vociféré avant de refermer la porte de l'écurie d'un coup de pied rageur.

Normalement, j'essayais de quitter la maison vers 13 heures, mais à cause de ces idiots d'ânes, j'avais plus d'une heure de retard.

Non pas que quelqu'un allait s'inquiéter de mon retard. Simplement, ne pas changer ses habitudes était essentiel aux yeux de celle que j'étais devenue.

Ma Fiat rouge était un cadeau de mariage de mon père. Il me l'avait probablement offerte en pensant qu'elle me permettrait de quitter la montagne par mes propres moyens. Par bonheur ou par malheur (celle que j'étais devenue était incapable de trancher), ce besoin ne s'était jamais fait ressentir durant les quatorze années qui s'étaient écoulées depuis, et le moteur émettait parfois comme un toussotement quand je le démarrais.

Il fallait deux bonnes heures pour arriver à Turin, même en roulant vite. Les routes de montagne s'enchaînaient jusqu'à l'autoroute. Des montagnes basses à la pelle. Derrière la montagne, une autre montagne. Et de l'autre côté de cette montagne, encore une autre montagne. Les routes onduleuses et en pente douce semblaient dessiner des courbes féminines. Elles avaient l'air de ne jamais finir, ce qui était un peu effrayant.

Comme si elles cherchaient à vous entraîner quelque part où vous n'aviez pas envie d'aller. En tout cas, c'était l'impression que j'avais eue la première fois que Carlo et moi les avions empruntées. Mais je n'avais pas peur alors. Puisque j'avais envie de partir quelque part avec lui, très loin.

Un jeune homme que je n'avais jamais vu m'a fait le plein d'essence à la station-service où je m'arrêtais toujours en chemin. La blondeur de ses cheveux était parfaitement assortie au bleu du tee-shirt de son uniforme.

— Ciao ! m'a-t-il saluée avant d'ajouter alors que j'ouvrais ma portière pour respirer un peu d'air frais : Quelle divine odeur !

Je suis restée interdite, l'espace d'une seconde, puis j'ai souri. Du minestrone. Je vais rendre visite à un malade.

L'hôpital était un immense carré blanc. Les rosiers rouges et roses qui peuplaient les parterres autour du bâtiment étaient en pleine floraison. Les escaliers extérieurs de secours ainsi que l'entrée des urgences étaient peints en vert clair. C'était un bel édifice qui dégageait une certaine élégance. Mais dès qu'il entrait dans mon champ de vision, je ne pouvais m'empêcher de lâcher un petit rire. On aurait dit une mauvaise blague.

J'ai franchi la porte automatique qui s'était ouverte sans un bruit, j'ai traversé le hall en diagonale, emprunté un couloir, puis un autre, pénétré dans l'ascenseur direction le huitième étage, suivi un couloir, puis un autre. Je me sentais comme un petit animal égaré. Ce qui était toujours le cas, mais c'était pire encore aujourd'hui. Je rentrais la tête dans les épaules dès que je croisais un médecin, une infirmière, d'autres visiteurs. Et dans le couloir à nouveau désert, je ne pouvais me retenir de lancer des coups d'œil derrière moi. Comme pour m'assurer que je ne laissais pas de traces de boue sur mon passage. Incapable d'en supporter plus, je me suis réfugiée dans les toilettes.

J'étais seule et ce constat m'a rassurée. Il flottait dans l'air un parfum de menthe forte et, plus légère, la puanteur des médicaments excrétés. Les lavabos étaient disposés en une rangée unique, chacun surmonté d'un miroir et équipé d'une barre d'appui de chaque côté. J'ai regardé mon reflet, le reflet d'une femme seule, dans l'un d'entre eux.

Je n'avais pas eu le temps de me maquiller, même si, la plupart du temps, cela se limitait à me dessiner les sourcils et mettre du rouge à lèvres. La crème solaire dont je m'étais barbouillé les bras et le visage dans la voiture, sans même prendre la peine de me regarder dans le rétro, s'était figée en une trace blanchâtre sur ma tempe droite. Je l'ai grattée avec des gestes agacés. J'avais pris le temps d'attacher mes cheveux avec une barrette le matin même, mais ma frange avait fini par se coller à mon front moite de transpiration. J'ai enlevé la pince, démêlé mes cheveux avec les doigts. Des cheveux châtains, disgracieusement patinés par le soleil. Comme je les laissais pousser, ils devenaient chaque jour un peu plus hirsutes et miteux. Après notre mariage, c'était Carlo qui se chargeait de me les couper. Finalement, j'allais garder ma barrette. J'ai tiré un rouge à lèvres de mon sac, j'ai fait glisser le bâton sur mes lèvres. J'ai levé les yeux vers mon reflet et je me suis finalement frotté la bouche du bout des doigts. Pas besoin de maquillage.

J'aurais aimé rester cloîtrée dans ces toilettes pour toujours, mais je me suis forcée à en sortir. Il me restait cinq mètres à parcourir dans le couloir d'un blanc immaculé pour atteindre la chambre. J'ai réduit la distance, un pas à la fois.

L'impression de mauvaise blague m'a de nouveau assaillie. J'ai cru entendre le rire de Carlo au loin. Je l'ai imaginé correctement habillé, vêtu d'une chemise en lin à fines rayures et d'un pantalon chino confortable, assis sur le lit, en train de plaisanter avec une infirmière. Son rire résonnait agréablement à mes oreilles. Mais une fois devant la porte, seul le bruit de sa respiration se faisait entendre. Je savais pertinemment quelle était la réalité de la situation, mais je ne pouvais me résigner à abandonner l'espoir qu'il faisait semblant. A chacune de mes visites.

J'ai tourné la poignée, jeté un coup d'œil à Carlo étendu sur le lit. Cela faisait un bon bout de temps maintenant que j'avais l'impression qu'il avait été posé là plus qu'il ne dormait. Coincé comme un marque-page entre le drap et la couette recouverte d'une housse blanche. La couverture repliée laissait voir sa poitrine frêle, camouflée sous un pyjama vert pâle, qui se soulevait et s'abaissait au rythme de sa respiration. Un son faible et diffus. Plusieurs tubes, destinés à le maintenir en vie, reliaient son corps à la machine à côté de lui et à la poche urinaire.

Le plus douloureux à voir, c'était son visage. La moitié droite était affaissée, affreusement déformée. Tel un tableau de Dali. Le médecin m'avait expliqué que lorsqu'une partie du cerveau avait été endommagée par l'hémorragie, *en plus* de rester inconscient ou paralysé, le patient pouvait *entre autres* souffrir de cette séquelle.

Y a-t-il, *entre autres*, quelque chose *en plus* que je devrais savoir ? avais-je répliqué.

Il y a toujours pire que le pire, mais j'ai découvert que l'être humain s'habitue à tout. J'ai quitté le fauteuil adossé au mur pour déplier une chaise et m'installer au plus près de lui. J'ai soulevé les cheveux de son front, y ai déposé un baiser. Je devais chasser l'idée que ce geste était désormais pareil à un rituel. J'ai sorti le Tupperware de minestrone de mon sac. Bien évidemment, Carlo ne pouvait plus déglutir. Mais quelqu'un m'avait dit que l'odeur d'un plat auquel on était attaché pouvait stimuler la conscience. C'était qui, déjà ?... Un médecin ? Un ami ? Ou était-ce une info que j'avais glanée sur le Net ? Ce n'était peut-être personne, peut-être que c'était tout simplement ce que moi je désirais. J'ai enlevé le couvercle, approché la boîte de son visage. La soupe était encore tiède. Carlo adorait ajouter des tonnes d'huile d'olive avant de la manger.

— Qu'est-ce que tu fais ?

Elvira avait ouvert la porte et était entrée dans la chambre sans plus de manières. Elle se tenait là, dressée de toute sa hauteur, une posture qu'elle adoptait inconsciemment en ma présence.

— Rien du tout, ai-je dit d'une voix sans force.

Elvira s'est avancée précipitamment. Des cheveux coupés très court, d'un noir de jais, tout comme Carlo. D'épais sourcils. De longs cils. Son corps mince et agile était enveloppé dans une robe noire chic, à imprimé floral, ses pieds chaussés de sandales rouges à talons hauts. Elvira, trente-quatre ans, soit le même âge que moi, était la fille unique de Carlo.

Elle a jeté un regard en coin au Tupperware entre mes mains. Elle était sur le point de faire un commentaire, mais s'est ravisée. J'ai pensé qu'elle n'avait plus rien à me dire.

— Alors ? s'est-elle pourtant enfin décidée à me demander.

— Aucun changement.

— Suis-je censée dire que c'est ce que j'espérais entendre ?

— Arrête ça.

Elle a ouvert la bouche, l'a refermée. Je me suis levée, j'ai poussé la chaise pliante vers elle, puis j'ai quitté la chambre.

Je me dirigeais vers l'ascenseur, courant presque, lorsque j'ai tout à coup remarqué que ma main était mouillée. Dans ma précipitation, j'avais mal refermé le couvercle du Tupperware. La moitié de la boîte s'était renversée, ruinant mon sac à bandoulière en daim.

J'ai fait claquer ma langue de dépit et je me suis arrêtée dans les mêmes toilettes qu'à l'aller. Je n'avais pas le courage de le laver. J'ai récupéré mon portefeuille et mon portable, et j'ai jeté mon sac à main à la poubelle. J'ai vidé le restant de minestrone dans les toilettes, et dans la foulée, je me suis aussi débarrassée du Tupperware.

J'étais en colère. Je pensais que l'indignation d'avoir ainsi été chassée de la chambre allait l'emporter, mais en réalité, c'était le soulagement d'en être partie plus tôt qui avait pris le dessus.

Et c'était bien ce qui m'exaspérait. Ce qui me blessait.

Je ne détestais pas Elvira.

Au moins, elle ne m'avait jamais balancé à la figure que son père s'était fait avoir par moi — ou que c'était moi qui m'étais fait avoir par lui —, ou même que c'était un peu ma faute s'il était dans cet état aujourd'hui, ce que d'autres n'hésitaient pas à faire. Carlo avait quitté Claudia, sa femme, la mère d'Elvira, pour moi. Mais elle ne m'en avait jamais fait le reproche. Même si je sentais que le fait que Claudia avait rapidement emménagé avec un homme plus jeune qu'elle dans un confortable appartement à Turin y était probablement pour quelque chose.

Je n'ai aucune raison de te détester, m'avait-elle dit un jour. J'ai simplement du mal à accepter que tu couches avec mon père, avait-elle ajouté. A cet instant, tout en sentant néanmoins que je pourrais l'aimer, j'avais eu l'envie subite et barbare d'attacher cette fille à une chaise, de l'obliger, par je ne sais quel moyen, à garder les paupières ouvertes, et de faire l'amour avec son père, juste devant ses yeux.

J'avais fini par confier cette pensée à Carlo. J'avais pris mon excès de vin pour excuse, mais tout ce que je voulais, c'était le tester. Alida. Il avait simplement prononcé mon prénom. Alida, Alida. Quand un élève oubliait sa copie, le professeur Carlo ne le réprimandait pas, non, il prenait un air déçu, ce qui le mettait encore plus mal à l'aise. C'était avec cette même expression sur le visage qu'il avait chuchoté mon prénom et s'était approché de moi. Puis il m'avait embrassée. Il avait ensuite pris le temps de vérifier que j'allais le laisser faire et m'avait poussée sur le lit.

C'était il y a quatorze ans. J'avais vingt ans, Carlo cinquante. J'aimerais pouvoir dire à celle que j'étais alors (celle qui criait à qui voulait l'entendre que ces trente années de différence d'âge n'avaient aucune importance, celle qui griffonnait dans son journal que ça n'avait aucune importance) que ça n'avait *vraiment* aucune sorte d'importance. Aujourd'hui encore, ça n'en a aucune. A cette époque, il m'arrivait parfois de penser que sa vue ou ses jambes ne seraient plus ce qu'elles étaient dans dix ans. Mais de toute façon, ces dix années appartenaient à un lointain futur.

La sonnerie de mon portable a retenti. J'ai vérifié le nom qui s'affichait sur l'écran avant de répondre. J'aurais aimé pouvoir ignorer l'appel, mais j'en étais incapable.

— Ciao, maman ! ai-je lancé d'un ton le plus enjoué possible.

— Tu es à Turin ?

Ce qui, pour ma mère, revenait à demander si j'étais à l'hôpital. Non, maman, je suis dans la voiture. Je conduis.

— Tu es en route pour y aller ?

— Non, je rentre.

— Comment va Carlo ?

— Aucun changement.

— Tant mieux.

Ce qu'Elvira disait à mots couverts, maman, elle, l'exprimait clairement : plus personne désormais ne pensait que son état allait s'améliorer.

— Tu es où ?

— Je viens de te dire que je conduis.

— Tu n'es pas encore arrivée chez toi ? Viens me voir. On dînera ensemble. Et si tu veux rester dormir à la maison, tu es la bienvenue.

— Maman...

Je lui ai dressé la liste des raisons qui m'en empêchaient. J'étais fatiguée (ce qui était la vérité, en un sens), j'étais presque arrivée chez moi (ce qui était un mensonge). Ce n'était pas que je ne *pouvais* pas aller chez mes parents, c'était que je ne *voulais* pas y aller, et ça, j'étais persuadée qu'elle le savait. Tout comme la véritable raison pour laquelle je me refusais à le faire. Parce qu'alors, je risquais d'avoir l'impression que je n'avais plus à retourner dans la maison dans les collines, ce que mes parents espéraient secrètement.

J'ai raccroché et je n'avais pas parcouru cent mètres que la sonnerie a de nouveau retenti. J'ai machinalement fait claquer ma langue et, rebutée par cette manie, j'ai repris mon téléphone. Ce n'était pas maman cette fois, mais Bianca. J'ai répondu, les lèvres étirées en un sourire amer.

— Tu dois sûrement être sur la route. Tout va bien ? a-t-elle demandé de sa voix brusque et profonde.

— Ça va, ai-je répondu, méfiante, tout en me demandant comment elle pouvait le savoir puisque généralement, j'étais encore à l'hôpital à cette heure-ci.

— Elvira est rentrée à l'instant. Elle m'a dit qu'elle t'avait vue à l'hôpital.

— Ah.

La ferme fromagère appartenant à la belle-famille d'Elvira, où elle-même vivait et où travaillait Bianca, était plus proche de l'hôpital que la maison dans les collines. De toute évidence, Elvira ne s'était pas non plus attardée dans la chambre.

— Et ?

— Et je me disais que tu devais avoir envie d'aller danser ce soir.

J'en suis restée muette d'admiration. J'ai senti un éclat de rire gonfler en moi.

— Tout à fait. J'en ai très envie, lui ai-je confirmé avec un petit rire étouffé.

Bianca m'attendait à la terrasse d'une pizzéria à Alba.

Peu importe l'endroit où elle se trouvait, Bianca avait toujours l'air d'en être la patronne. Si je devais trouver des bons côtés au fait d'être la « belle-mère » d'Elvira, l'un d'eux serait sans conteste d'avoir pu faire la connaissance de Bianca.

Même si elle restait une énigme à mes yeux. Elle travaillait déjà à la ferme quand Elvira avait épousé Giuliano et son passé avant cette époque restait un mystère pour tout le monde. Elle devait avoir une quarantaine d'années, et je ne saurais dire si sa magnifique chevelure rousse et bouclée était naturelle ou non. Une moue maussade et quelque part un peu triste, une carrure large et imposante. Quand je la voyais, l'image d'une Madone boulimique me venait aussitôt à l'esprit.

— T'es pas mal ce soir.

Elle a avalé son verre de vin blanc d'un trait, m'a souri. J'avais pris une douche et enfilé une robe rouge échancrée dans le dos.

— Evidemment. Mais je ne fais pas le poids face à toi.

Car elle avait opté pour une robe débardeur moulante. Blanche. Des bracelets en or tintaient à ses poignets, le plus spectaculaire restant le papillon tatoué sur son bras gauche.

Nous avons vidé une bouteille de blanc et légèrement lesté notre estomac d'une pizza au prosciutto et roquette avant de *partir au front*. Il était un peu moins de 21 heures. Le soleil se décidait enfin à se coucher et les pavés revêtaient des nuances plus sombres. La boîte, où j'étais déjà venue avec Carlo il y avait longtemps, était bondée, pour ne pas changer. Le Chinois qui se tenait à l'entrée pour récupérer les tickets m'a reconnue.

— On se connaît ? a-t-il plaisanté.

L'endroit, qui abritait autrefois une forge, avait astucieusement été baptisé « Fer ». Avec ses soufflets et ses pieds-de-biche dorés peinturlurés à la diable, on ne pouvait décemment pas dire que cette boîte était aussi cool que celles de Turin ou de Milan. Mais c'était l'une des meilleures du coin.

Bianca s'est fougueusement élancée vers la piste. Ondulant des bras et roulant des hanches, elle a en un rien de temps réussi à dégager de la place autour d'elle. Je me suis glissée à ses côtés pour envahir cet espace libre et me mettre moi aussi à danser. Le rock anglais était à l'honneur. Je ne connaissais ni le titre ni le nom du groupe, mais je savais que le morceau avait été un tube à l'époque. A l'époque où Carlo allait bien. Il aimait bien écouter la radio le matin en préparant le petit-déjeuner, ce qui me permettait à présent de reconnaître les morceaux qui avaient marché. Cette chanson, c'était en quelle année, déjà ?

Non, ce n'était pas la question que je devais me poser. Ce n'était pas ça le plus important. J'aurais plutôt dû me demander : C'était quand, déjà, la dernière fois que je suis venue ici avec lui ? Il y a trois ans ? Cinq ans ? Il adorait cet endroit. Carlo ne se forçait pas pour vivre à mon rythme, c'était plutôt lui qui m'entraînait dans le sien. Il aimait observer la foule, parler avec des inconnus quand ça lui chantait. On dansait collés l'un à l'autre, on se balançait, les mains fermement agrippées aux hanches de l'autre, en sentant tout le poids et la chaleur du corps de l'autre.

Et de temps en temps, on jouait à un petit jeu tous les deux. Carlo se postait au comptoir tandis que je dansais seule sur la piste. Si un homme m'adressait la parole, j'acceptais de lui tenir compagnie jusqu'à ce que Carlo me rejoigne au moment qu'il jugeait opportun. Ma fille vous plaît, on dirait. C'était ce qu'il disait. Voir leurs réactions nous amusait beaucoup. Certains filaient en quatrième vitesse, d'autres acceptaient de boire un coup avec nous.

Quel que soit le tour que prenait la soirée, on s'amusait toujours, tous les deux. Nous aimions tout du monde dans lequel nous existions. Ou peut-être cherchions-nous à échapper à celui dans lequel nous n'étions pas.

Je bondissais comme une folle, je tortillais des hanches, les poings levés en l'air. Je poussais des rugissements étranges, tant et si bien que Bianca s'est mise à froncer des sourcils inquiets. Quelqu'un m'a soudain attrapé par l'épaule. J'ai failli hurler de surprise. Je me suis retournée et j'ai dévisagé l'homme aux cheveux blonds qui se tenait devant moi.

— Ciao, a fait l'individu, un sourire insouciant aux lèvres.

Comprenant que j'allais rester plantée là sans réaction, il a cru bon d'expliquer :

— Minestrone.

Et tout à coup, je me suis souvenue. L'homme au tee-shirt bleu qui avait fait le plein d'essence de ma Fiat.

Davide, s'est-il présenté. Le Davide de la nuit portait un tee-shirt noir.

Son ami Fabio n'a pas tardé pas à nous rejoindre et nous avons trinqué ensemble. Ils étaient jeunes tous les deux, plus jeunes que Bianca, ça c'était sûr, et avaient peut-être deux ou trois ans de moins que moi. J'avais pu lire l'admiration dans leurs yeux quand ils s'étaient posés sur Bianca. Ils m'avaient aussitôt plu.

— Mais où est-ce que vous vous cachiez, les filles ? nous a taquinées Fabio. Je n'arrive pas à croire qu'on ne vous ait pas remarquées avant ça.

Bianca m'a jeté un bref coup d'œil avant de lancer :

— On dirait que vous vous êtes enfin réveillés, les gars.

— Tu l'as dit !

L'air sérieux de Fabio m'a arraché un rire.

— Un de tes amis est à l'hôpital ? a hasardé Davide.

— Mon père.

J'ai regardé Bianca à la dérobée, mais elle n'a rien laissé transparaître.

— Il a fait une hémorragie cérébrale et n'a jamais repris connaissance depuis. Ça fait un petit moment maintenant.

Formulée ainsi, j'avais la sensation de raconter une histoire qui n'était pas la mienne. Davide et Fabio ont hoché la tête en silence.

— Ça fait du bien de souffler de temps en temps, a dit Bianca.

— Tout à fait.

— Allez, c'est reparti ! s'est brusquement écriée mon amie.

Nous nous sommes précipités sur la piste. Bianca s'est naturellement approprié Fabio, nous laissant Davide et moi face à face.

Je bougeais plus sagement tout en l'observant. C'était un beau jeune homme. Des iris bleus, avec une pointe de gris. Cela faisait une éternité que je n'avais pas regardé quelqu'un dans les yeux de cette manière.

Davide s'est fendu d'un sourire vaguement embarrassé. Peut-être que je le fixais avec un peu trop d'insistance ? Je me suis dépêchée de tourner mon regard vers Bianca, qui comme à son habitude s'était lancée dans une danse extravagante. Mais Fabio ne se défendait pas trop mal. Il s'est tout à coup penché vers elle pour lui souffler quelque chose à l'oreille et Bianca en a profité pour enrouler ses bras autour de sa taille. Fabio a souri en écartant légèrement son visage du sien. Leurs yeux se sont croisés et, la seconde d'après, leurs bouches s'unissaient.

J'ai tourné la tête. Davide m'observait à son tour. Nous avons échangé un sourire. Elle est incroyable, ont articulé ses lèvres. J'ai hoché la tête. Sa bouche a de nouveau bougé. J'ai mimé mon incompréhension. Il s'est légèrement approché de moi. J'ai fait de même. Nous avons rapproché nos deux corps maladroits d'un pas mal assuré et hésitant, comme si nous avions les mains liées dans le dos, mais à la différence de Bianca et Fabio, nous ne nous sommes pas touchés. Minestrone, suis-je cette fois parvenue à entendre.

— Ton minestrone, il avait l'air délicieux.

Je lui ai déposé un baiser sur la joue. Parce que je ne savais pas comment répondre. Il m'a pris la main et nous avons commencé à danser enlacés. Exactement comme Carlo et moi le faisions autrefois. J'ai respiré son odeur. Eau de Cologne, transpiration et même bonbon à la menthe... Une *odeur d'homme*. J'avais beau me creuser la tête, je ne trouvais pas d'autres mots pour la décrire.

Il était plus d'une heure du matin quand nous avons quitté la boîte. Bianca et Fabio, passablement éméchés, titubaient. Ils se soutenaient l'un l'autre pour s'empêcher de tomber. J'avais l'intuition que Bianca avait fait exprès de se saouler.

— On doit vous laisser, on a une mission importante qui nous attend, a-t-elle dit d'un ton exagérément alcoolisé. Et vous, y a pas quelque chose que vous devez faire ensemble, tous les deux ?

Fabio a ri. Davide et moi nous sommes dévisagés.

— A plus, Davide, ciao ! a lancé Bianca en agitant la main et en se serrant tout contre Fabio. Et, Alida... passe une bonne nuit !

Nous sommes restés là à écouter le claquement des talons aiguilles de Bianca qui s'éloignait. Et parce que je ne pouvais plus retarder le moment fatidique, je me suis résolue à me tourner vers lui. Mais Davide a été plus rapide et m'a proposé de me raccompagner à ma voiture avant que j'aie eu le temps d'ouvrir la bouche.

— Merci et bonne nuit, ai-je dit.

Nous n'étions pas encore arrivés au parking.

Les rayons du soleil matinal qui s'infiltraient par les persiennes dessinaient des motifs sur le sol de la chambre à coucher.

Un parquet en châtaignier que Carlo et moi avions posé ensemble. Les fins rais de lumière qui tombaient entre la commode et le lit semblaient dessiner des touches de piano sur les veines du bois. Je voyais les mêmes motifs tous les matins, puisque j'ouvrais les yeux à la même heure tous les jours, avec une marge d'erreur subtile en fonction des saisons. Il était plus de 3 heures du matin quand j'étais entrée dans mon lit mais mon corps avait malgré tout démarré à l'heure habituelle. Au cours de ces quatorze années passées à vivre aux côtés de Carlo, un certain rythme s'était peu à peu imprimé en moi.

J'avais dormi d'un sommeil sans rêves et je me sentais en forme. J'avais les idées parfaitement claires. Qu'il était bon de bouger son corps ! En cultivant la terre, en empilant des pierres. Mais pas que. Se défouler en boîte de nuit faisait aussi l'affaire. Cette pensée a fait naître un léger sourire sur mes lèvres.

Je me suis habillée et je suis allée évaluer les dégâts dans le jardin. J'ai cueilli les légumes qui avaient réchappé au massacre. J'en aurais bien assez pour faire ce que j'avais à faire. Les fleurs piétinées n'étaient pas fanées. Elles allaient bientôt redresser la tête pour chercher à atteindre le soleil. J'aime la simplicité de la nature. C'était ce que Carlo disait souvent. Mais les humains ne sont pas simples, tu sais, lui ai-je murmuré tout au fond de mon cœur. Si seulement je pouvais vivre comme un âne ou une pomme de terre…

Je suis rentrée à la maison pour préparer un minestrone. Puis je suis ressortie. Il fallait bien que quelqu'un se charge de remettre en état la clôture défoncée par les ânes. J'avais négligé l'enclos la veille, tout simplement parce que je n'avais pas eu la force de contempler l'étendue du désastre. Tout compte fait, elle n'était pas en si piteux état. Mais la redresser ne résoudrait pas le problème : les ânes réussiraient à nouveau à la franchir.

J'allais devoir la réparer en remplaçant les anciens piquets par des plus grands. Réaliser que personne d'autre que moi ne pouvait le faire, mais surtout, surtout, que j'en étais parfaitement capable m'a laissée quelques instants interdite.

Il faut que tu puisses te débrouiller seule quand je ne serai plus là était un refrain que me servait souvent Carlo. Il s'était mis en quatre pour m'apprendre à *faire ce qu'il savait faire*, pour que je sache le faire *à mon tour*. Etait-ce par amour pour moi qu'il s'était donné tant de mal ? Etait-ce de l'amour que de me garder liée à cet endroit ? Etait-ce pour m'empêcher de l'oublier ?

Alors que j'étais en route vers l'hôpital, des gamins à vélo ont soudain traversé la route en frôlant mon capot.

Des ados du lycée d'à côté, probablement.

Ils étaient fascinants avec leurs jeans fatigués, leurs tee-shirts colorés, leurs bijoux de pacotille. Ils se mettraient sûrement en colère s'ils m'entendaient dire d'eux qu'ils étaient des gamins. A leur âge, j'étais moi aussi persuadée d'être déjà une adulte.

Carlo et moi nous sommes rencontrés au lycée, à Turin. Il était mon professeur d'anglais quand j'étais en première et en terminale. Je croyais qu'un professeur et une élève qui finissaient par être follement épris l'un de l'autre, c'était une histoire qu'on ne rencontrait que dans les films et dans les romans. J'ai continué à le croire pendant un certain temps. Même après être tombée amoureuse de lui. Je trouvais sans cesse des prétextes pour aller le voir dans la salle des professeurs. Je lui posais des questions sur le sens des paroles de chansons d'Elvis Costello ou de Sting, je l'entraînais dans des débats sur l'interprétation du roman d'Iris Murdoch qu'il nous faisait étudier en cours. Juste pour me convaincre qu'il ne pourrait jamais rien se passer entre nous.

Apparemment, Carlo se sentait pris au piège et n'avait qu'une envie : frapper cette gamine qui le harcelait. C'était ça ou finir par la sauter. Selon ses propres mots. Et c'est ce qu'il a fait. Pas me frapper, mais me sauter. Sous son bureau, dans la salle des professeurs vide, par un dimanche pluvieux. Ça s'est déroulé exactement comme dans un film. De série Z néanmoins. Nous étions à l'étroit là-dessous et nous renversions quelque chose à chacun de nos mouvements. Carlo et moi avons souvent ri en évoquant ce souvenir, mais sur le moment, aucun de nous deux n'avait envie de sourire. Nous étions si heureux, heureux et effrayés, de pouvoir enfin posséder l'autre que nous avions tant désiré, désiré encore, désiré si ardemment, que les mots restaient bloqués dans notre gorge. Nous avons fait l'amour sans même prendre le temps d'échanger un rire gêné ou de nous chercher des excuses.

J'avais dix-neuf ans, c'était l'été de ma dernière année de lycée. Il ne me restait plus que quelques mois avant l'obtention de mon diplôme en septembre. Carlo et moi nous sommes glissés dans la peau d'espions et avons fait preuve d'une prudence qui frôlait le ridicule pour entrer en contact et arranger des rendez-vous. J'avais l'impression de ne jamais assez profiter de lui, mais la perspective de pouvoir afficher notre couple au grand jour une fois que j'aurais terminé le lycée et qu'il aurait pris sa retraite, ce qu'il comptait faire la même année, me faisait tenir. Je croyais que tout serait plus simple ensuite. Mais j'ai bien vite déchanté.

J'ai obtenu mon diplôme et terminé le lycée en étant première de ma classe. Il va sans dire que lorsque j'ai annoncé que je n'avais pas l'intention de poursuivre mes études pour pouvoir me marier avec Carlo et m'installer avec lui dans les collines, ma famille et mes amis n'ont pas sauté de joie. Bien sûr, il a aussi fallu livrer bataille avec les proches de Carlo, à commencer par Elvira. On aurait dit que le monde entier s'opposait à notre amour. Qu'est-ce qui te prend ? Que diable s'est-il passé ? Quelqu'un m'a même plus franchement (ou plus précisément) demandé : Mais qu'est-ce qu'il a bien pu te faire ?

Je n'avais pas la réponse à cette question et je ne comptais pas y répondre, mais je me disais qu'il n'avait pas tort de la poser. Ce n'était pas un événement que j'avais *provoqué*, c'était quelque chose qui *m'était arrivé*. Et contre lequel je ne pouvais rien.

— Ciao ! ai-je dit en répondant.

— Tu es toute seule ? J'imagine que oui, a commencé Bianca.

— Bien sûr. Je suis sur la route. Comment c'était hier ?

— Super ! Il me plaît bien. Il est plutôt pas mal, ce Fabio.

— Tant mieux.

— Je lui ai même dit que j'avais un enfant. Pour flatter son ego, tu vois.

— Un enfant ? Toi ? me suis-je exclamée, surprise.

— Ben oui. Un garçon, dans les vingt-deux ans maintenant. Il travaille dans un magasin de souvenirs à Venise où on vend des pâtes en forme de pénis. Il m'a écrit l'autre jour, ça faisait longtemps qu'il ne l'avait pas fait.

Et comme je restais sans voix :

— Je vais le presser comme un citron avant que la magie disparaisse.

— Le presser ?

— Fabio, idiote. C'est pour ça que je le vois aussi ce soir. Désolée de ne pas pouvoir t'inviter à danser, du coup.

— Bianca, tu en as beaucoup dit aujourd'hui…

— Ah ? a-t-elle simplement répondu, faisant l'innocente. Bon, et toi, tu n'as qu'à inviter Davide ! On pourrait organiser un double rencard.

— Je passe mon tour.

— Alida…

— Amuse-toi bien avec Fabio.

— Tu n'es qu'une sale trouillarde. Je croyais que tu avais plus de cran que ça.

Bianca a raccroché sur cette pique finale. Faute de mieux, j'ai ricané. Un ricanement de sale trouillarde. Est-ce que c'était la vérité ? Je brûlais d'envie d'en parler à Carlo. Qu'il me dise si lui aussi pensait que j'étais une sale trouillarde.

Je me suis arrêtée à la station-service. Je suis descendue de voiture et j'ai cherché des yeux le Davide au tee-shirt bleu. Je l'ai vu qui faisait le plein à une voiture. Quand il m'a aperçue, son visage s'est illuminé d'un sourire. J'ai senti mon cœur se serrer.

— Ciao ! Je suis content de te revoir.

— Moi aussi.

Puis nous nous sommes tus. Les puissants rayons du soleil de montagne me mordaient l'arrière du crâne. J'ai contemplé nos deux ombres qui se découpaient sur le sol pavé où était peint le nom de la station. Deux ombres bien nettes. Bien distinctes. Davide a rompu le silence en premier.

— Je l'ai appris par Bianca. Enfin, ce serait plutôt par Fabio, mais… Tu as un amoureux, loin d'ici ?

— Loin d'ici…

Je n'avais fait que répéter distraitement ses mots, mais il semblait avoir pris ma réponse pour un aveu.

— Vous ne pouvez pas vous voir pour certaines raisons, je crois. Et ça fait un moment, maintenant.

— Mmm, mmm, ai-je acquiescé avant d'ajouter : Je suis désolée.

— Non, ne t'inquiète pas, ce n'est pas la peine de t'excuser. Je voulais juste te dire que je suis là, si tu as besoin. Si jamais tu te sens seule… ou si, pour ton père…

— Merci, Davide.

Je suis retournée à ma voiture, j'ai pris le Tupperware de minestrone avec moi. Comme je m'étais débarrassée du grand cabas dans lequel je le transportais d'habitude, j'avais pris un sac en papier à la place.

— Je suis venue pour te donner ça.

— Quoi ? Tu es sûre que…

— C'est pour toi, ai-je insisté, puisqu'il n'y en avait pour personne d'autre.

On ne se souvient que des premières fois.

Première rencontre, premier rendez-vous, premier baiser. La première fois qu'on a fait l'amour. Tandis que les dernières fois restent floues. Quand c'est la dernière fois, bien souvent, on n'en a pas conscience sur le moment. Et parfois, on n'a pas envie de penser que c'est la dernière. *Ah, ce jour-là, c'était la dernière fois que*... On y repense comme on contemplerait un paysage au loin.

Moi, il y a une dernière fois dont je me souviens dans les moindres détails. La dernière soirée que j'ai passée avec Carlo. Il s'est effondré quelques heures plus tard.

C'était il y a six mois de cela. Par une nuit froide. Nous avions mangé du minestrone au dîner, réchauffé sur le poêle à bois (c'est une des raisons pour lesquelles je continue de lui en apporter dans sa chambre d'hôpital). Pommes de terre, haricots et navets, de la sauce tomate préparée pendant la belle saison : le minestrone d'hiver, beaucoup plus consistant que le minestrone d'été, réchauffait la gorge et descendait lentement dans le corps.

Après le repas, nous nous sommes assis côte à côte sur le canapé pour lire, la musique de Glenn Gould, que Carlo adorait, en fond sonore. Lui lisait un roman de Kazuo Ishiguro qui raconte l'histoire d'un peintre, moi, je feuilletais un magnifique recueil de photos de jardins japonais. Nous sirotions une liqueur de pomme forte. J'ai senti le bras de Carlo, qui reposait sur le dossier du sofa, me frôler l'épaule. Quand j'ai levé les yeux, il avait les siens baissés sur son livre, l'air de rien. Je me suis penchée pour poser ma tête sur sa poitrine. Et alors que je continuais de tourner les pages de mon album, la main de Carlo s'est lentement déplacée vers mes seins. Il faisait toujours semblant de lire son roman, une expression impassible sur le visage, alors j'ai fait de même. La majestueuse maison japonaise aux tuiles noires qui paraissait flotter dans le paysage champêtre, les doigts de Carlo qui s'insinuaient entre les boutons de ma chemise, Mozart interprété par Gould, le crépitement des bûches, l'instant où, n'y tenant plus, j'ai laissé échapper un soupir : tout, je me souviens parfaitement de tout.

Nous avons décidé de monter dans la chambre, au premier.

— Je m'occupe du feu, toi, va préparer le plat de résistance, m'a dit Carlo avec un clin d'œil.

Je l'ai attendu, mais il ne s'est pas montré. J'ai redescendu les escaliers, en me disant qu'il avait sûrement encore inventé un nouveau jeu. Ça lui ressemblait bien. C'est quoi, cette fois ? ai-je lancé en poussant la porte. Et je l'ai vu. Carlo, pareil à un pantin désarticulé, affaissé sur le dos devant le poêle à bois.

Je parcourais les couloirs de l'hôpital avec juste mon petit sac qui pendait à mon épaule, et j'avais la sensation que j'allais être emportée quelque part, alors même qu'il n'y avait pas un souffle de vent.

Je me suis assise à côté de Carlo. Je l'ai regardé. Mon mari. Je l'avais épousé en jurant mes grands dieux que j'en mourrais si je ne le faisais pas. Mais une fois notre union officialisée, je crois ne l'avoir jamais considéré comme *mon mari*. Pour moi, Carlo était toujours Carlo.

Le volume de sa respiration me paraissait plus faible que d'ordinaire. Une respiration plus proche du souffle d'un dormeur. Etait-ce bon signe ? Je n'avais pas le courage d'aller vérifier auprès des docteurs. L'état de son visage ne s'était ni amélioré ni détérioré : ses traits étaient aussi horriblement déformés que la veille. Comme s'il se moquait de moi. Il avait l'habitude de faire la grimace quand il voulait exprimer sa surprise face à ce que je venais de dire, et montrer qu'il me restait dévoué malgré tout.

Elvira ne viendrait sans doute pas. En général, elle venait lui rendre visite le matin ou le soir, parfois même les deux, mais pas pendant la journée. Quand nous nous étions retrouvées toutes les deux ici la dernière fois, ce devait être parce qu'elle n'avait pas pu faire autrement. Si ces pensées me venaient à l'esprit, ce n'était pas parce que je n'avais pas envie de la voir, mais parce qu'au contraire, je voulais qu'elle vienne. Sans minestrone, je ne savais pas vraiment quoi faire dans cette chambre, assise à côté de lui.

Un bruit sourd m'a fait relever la tête. Un pigeon, posté devant la fenêtre, nous considérait de son regard indifférent. J'ai sorti la main de Carlo cachée sous la couverture et je l'ai déposée sur mon genou. Ses grands doigts autrefois robustes et vigoureux étaient d'une maigreur squelettique et ne ressemblaient plus qu'à des os de bœuf rongés par un chien. J'ai doucement fait glisser sa main de mon genou vers le haut de ma cuisse.

Je me suis courbée, de sorte qu'ils puissent s'enfoncer complètement en moi. Comme ce qu'il me faisait quand nous faisions l'amour. J'ai enfoui mon autre main sous la couverture, j'ai caressé son sexe. Au début, uniquement par-dessus son pantalon, puis mes doigts se sont faufilés sous son sous-vêtement.

Cela faisait six mois que je ne l'avais pas touché ici. Ses poils bruissaient aussi sèchement que du foin. Je mourais d'envie de respirer son odeur, et c'est ce que j'ai fait, presque sans hésiter. Comme un animal affamé, j'ai plongé la tête sous la couverture. J'ai utilisé mon nez et mes lèvres, jusque sous ses poils. J'ai complètement ignoré le tube inséré dans son urètre.

Mon téléphone s'est mis à sonner. Je n'avais pas encore eu le temps de démarrer la voiture pour quitter le parking de l'hôpital.

— Tu viens manger à la maison ce soir ?

Elvira. Aujourd'hui ? Maintenant ? Tout en exprimant ouvertement ma perplexité, j'ai essayé de deviner ses intentions. Bien sûr, j'avais déjà été invité à dîner chez Elvira quand Carlo était encore là et même après son accident. Mais aujourd'hui, l'inflexion de sa voix suggérait un ordre plutôt qu'une invitation.

— J'aimerais te parler de papa, a-t-elle précisé, comme si elle jouait son va-tout.

— D'accord, ai-je finalement accepté.

J'ai braqué à gauche. Elvira aussi avait grandi à Turin. Nous n'avions pas fréquenté le même lycée parce qu'elle ne voulait pas aller dans l'établissement où enseignait son père. Elle était tombée amoureuse de Giuliano alors qu'elle étudiait la littérature anglaise à l'université.

Comme son père. Giuliano, lui, se spécialisait en sciences et techniques de la fermentation. Elle avait épousé ce garçon qui avait hérité de la ferme fromagère familiale. Quand elle s'était installée à la campagne avec lui, ce n'étaient pas des vœux de bonheur pour sa vie conjugale qui avaient jailli dans mon cœur, mais une autre forme d'exultation. Tu vois ? avais-je triomphé en mon for intérieur, tu réalises que ce qui m'est arrivé à moi a fini par t'arriver à toi aussi ?

— Je suis content de te voir.

Giuliano m'a ouvert la porte de leur grande demeure entourée d'un vaste et magnifique jardin.

— Bonsoir, m'a lancé Elvira en apparaissant les bras chargés d'un plateau de fromages.

En un coup d'œil, j'ai compris que le repas était loin d'être prêt, ce qui m'a paru pour le moins surprenant. Comme c'était à craindre, Elvira a aussitôt disparu en cuisine, et n'en est pas ressortie de sitôt.

— Je peux t'aider ? ai-je crié.

— Non, c'est presque prêt.

Leur fille, Silvana, huit ans, est arrivée avec de la viande cuite froide et une planche à découper. Je me suis chargée de la couper en morceaux. Une heure environ après mon arrivée, Elvira a enfin déposé du pain frit et un risotto sur la table.

Les heures qui ont suivi ont été particulièrement étranges. Alors que tout le monde savait, non seulement moi mais aussi Giuliano et même Silvana, qu'Elvira avait quelque chose à dire, elle s'obstinait à parler de tout et de rien. Du temps qu'il faisait, des chèvres, de ce que donnaient les fromages. Elle s'est même permis un commentaire (« je suis jalouse ») sur mon amitié avec Bianca. J'étais convaincue que ce dont elle voulait réellement parler, c'était de son père, comme elle me l'avait annoncé au téléphone, mais elle contrôlait la conversation, s'éloignait du sujet, tournait autour comme un satellite.

Ce à quoi moi je pensais, c'était à ma visite du jour à l'hôpital. Je me demandais si pendant que j'étais en train de toucher le corps de Carlo, je n'avais pas entendu un bruit de porte. Ou si c'était juste le fruit de mon imagination. Si aujourd'hui aussi Elvira n'était pas venue voir son père dans la journée. Si elle n'avait pas quitté l'hôpital quelques minutes avant moi. Si elle ne m'avait pas appelée depuis sa voiture pour m'inviter, et si c'était la raison pour laquelle elle n'avait pas eu le temps de préparer le dîner.

— Tu peux passer la nuit ici, m'a-t-elle dit après le repas, non comme si c'était une proposition, mais bel et bien un ordre.

La chambre d'ami où on m'avait parquée était une pièce remplie de tableaux.

Les murs étaient couverts de peintures à l'huile, d'aquarelles, de dessins. J'ai cru me rappeler avoir entendu, au détour d'une conversation, que peindre était le passe-temps du père de Giuliano. Les œuvres représentaient des paysages du coin, des chèvres, des membres de la famille à différents âges. Il y avait même quelques croquis de l'intérieur de la fromagerie. Sur l'un d'eux, une femme en blouse et charlotte blanches puisait du petit-lait de chèvre dans un grand récipient. Bianca, en beaucoup plus jeune.

J'avais beau avoir bu pas mal de vin pour surmonter ma gêne, je n'arrivais pas à dormir. Les nuits où le sommeil se faisait attendre n'étaient pas rares quand j'étais à la maison dans les collines. Pourquoi y aurais-je échappé chez la fille de Carlo ? Je me tournais et me retournais entre les draps parfaitement repassés et amidonnés, légèrement parfumés à la lavande. Les peintures du vieil homme défunt suivaient du regard chacun de mes mouvements. Des gens qui s'étaient rencontrés et aimés. Les enfants qu'ils avaient laissés derrière eux. Les paysages qu'ils avaient vus.

Au début, je me suis dit que c'était le vent. Puis j'ai entendu un petit cri, pareil au piaulement d'un oiseau. Et quand les murs se sont mis à vibrer, j'ai compris que ma chambre était contre celle d'Elvira et de Giuliano.

Je me suis recroquevillée entre le drap et la couette, une position qui semblait décupler les sons, et j'ai écouté la voix d'Elvira la nuit. La voix qui incitait Giuliano à remuer avec davantage de violence. Et sans aucun doute possible, la voix qu'elle voulait que j'entende.

Un soir de week-end, Davide est venu me chercher en moto.

Je l'avais appelé pour l'inviter. J'avais organisé un double rencard, une virée à quatre en boîte, comme la première fois. Mais nous n'y sommes pas allés. Car dès que je l'ai vu, je lui ai sauté dessus. Nous avons fait l'amour, et nous avons passé toute la nuit dans mon lit.

Nous avons transpiré à foison et, à bout de forces, nous avons fini par nous laisser emporter par le sommeil. J'ai malgré tout ouvert les yeux à l'heure habituelle. Davide avait l'air d'un petit garçon quand il dormait, non pas parce qu'il est jeune, Carlo aussi avait cet air-là. Celui que tous les hommes du monde ont après une intense nuit d'amour. Je me suis doucement échappée de ses bras et je suis allée ramasser des légumes au jardin. J'étais en train de préparer un minestrone quand Davide est entré dans la cuisine.

— Salut.

Je lui ai adressé un sourire. Je faisais revenir ail, oignons, courgettes, céleri et petits pois. La douce odeur de l'huile d'olive et des légumes en train de mijoter embaumait la pièce.

— Qu'est-ce qu'il y a ? Viens t'asseoir, ai-je proposé en voyant qu'il restait sur le seuil.

— Tu dois avoir envie que je m'en aille vite d'ici.

Un sourire errait sur ses lèvres, mais la tristesse perçait dans sa voix.

— Tu as probablement décidé qu'on ne se reverrait plus.

— Non, ai-je contesté. J'ai envie de te revoir. Et comme hier soir, j'ai envie qu'on… Tu peux venir ici quand tu veux. C'est sincère.

Son sourire s'est transformé en grimace. Comme s'il ne croyait pas un mot de ce que je lui racontais.

— Je le pense vraiment, ai-je insisté. J'ai du cran, même si je n'en ai pas l'air comme ça.

J'ai accompagné Davide, qui voulait « rentrer sans prendre de petit-déjeuner ». Avant d'enfourcher sa moto, il m'a déposé un baiser sur chaque joue. J'ai écouté le bruit du moteur qui s'éloignait en me disant qu'il ne reviendrait sûrement jamais. Mais si cela devait arriver, alors je referais l'amour avec lui.

Je devais finir de remettre la clôture en état. Pauvres ânes, je ne pouvais pas les garder enfermés indéfiniment dans l'écurie. Planter des piquets en bois de pin. J'y travaillais depuis plusieurs jours, et j'avais déjà fait pas moins de cinq mètres. Mais ce n'était pas encore suffisant. Je plantais des piquets. Des piquets comme autant de raisons. Une myriade de piquets. Mais un piquet n'est rien d'autre qu'un piquet.

J'ai levé les yeux vers le ciel. La journée s'annonçait chaude. Je me suis retournée pour contempler les piquets que j'avais déjà plantés et qui étaient bien là.

MORI Eto

Blé noir

J'étais en train de monter une meringue dans les cuisines d'un restaurant parisien doublement étoilé quand j'ai appris que ma mère était mourante.

Le batteur électrique a échappé à mon contrôle, envoyant valser le bol de l'autre côté de la pièce. De petites vagues moutonnantes de meringue s'étaient échouées sur le sol de la cuisine. Elles n'avaient pas encore eu le temps de retomber que j'avais déjà demandé au manager de me laisser prendre un congé.

J'avais du mal à croire que nos retrouvailles allaient avoir lieu dans des conditions pareilles. Tout en déplorant ces six années d'absence dues à mon entêtement et à une vie plutôt chargée, j'ai réservé un billet pour Brest à l'aéroport Charles de Gaulle, et le jour même, j'ai quitté la Ville Lumière pour rentrer chez moi, au bout de la terre. Il ne s'agit pas là d'une simple métaphore, puisque le département breton qui m'a vu naître porte le nom de Finistère, *là où se finit la terre*.

Une péninsule, l'un des six angles de l'Hexagone, avancée dans l'océan Atlantique. Ciel changeant, humidité et vents violents. Une terre aride sur laquelle ne poussent ni blé ni vignes, où les gens mangent des galettes de blé noir et boivent du cidre. Voilà probablement l'image que le reste du monde se fait de la Bretagne. Bien que depuis longtemps intégrés à la France, nous, les Bretons, qui avons hérité du sang des Celtes, sommes toujours considérés comme un peuple à part.

— Content de te voir, Jean. Mais il faut que je te dise. Dieu se prépare à rappeler Annette auprès de lui. Il y a eu de nombreux signes.

Après avoir émigré de Grande-Bretagne il y avait de cela mille cinq cents ans environ, les Bretons avaient dû survivre dans un environnement naturel hostile. On disait d'eux qu'ils étaient particulièrement pieux. Et la foi de ma famille, les Barrow, frôlait l'idolâtrie. Dès mon retour à la maison, j'allais devoir affronter leur profonde tristesse face à la certitude de la mort de ma mère, et supporter leurs divagations, toutes plus absurdes les unes que les autres.

— Il faut se rendre à l'évidence. Une pie s'est posée sur le toit de la maison.

— Hier, un coq a chanté près de la chambre d'Annette. On ne peut pas aller à l'encontre de la volonté du Seigneur.

— Ce matin aussi, j'ai entendu un chien hurler à la mort.

— Je peux vous le dire à présent, mais au printemps, Annette m'a raconté qu'elle avait aperçu une belette dans la forêt. Maintenant que je l'ai vue, je n'en ai plus pour très longtemps, c'est ce qu'elle m'a dit.

Selon eux, ces *signes* étaient des présages malheureux qui annonçaient la mort imminente de ma mère. Dans ce village où les coutumes ancestrales étaient plus respectées que les lumières de la culture, les superstitions couraient les rues. Et leur nombre ne cessait d'augmenter à chaque commérage.

— Et le docteur, il en dit quoi ? ai-je demandé à mon oncle Roland, le chef de famille.

— Qu'on doit se préparer. Cette attaque a été bien plus grave que les autres.

— Parce que ce n'est pas la première ? Pourquoi personne ne m'a jamais rien dit ?

— Avant d'avoir reçu le moindre signe ?

J'ai abandonné là notre discussion et je suis allé voir ma mère qui ne quittait plus son lit. Son corps était sec et ratatiné, son teint terreux. Elle me faisait penser à de la paille de blé après le battage. Nul besoin de pie ou de coq pour le prédire, un coup d'œil suffisait pour comprendre que sa vie était sur le point de s'éteindre.

— Jean ?

En me voyant, elle a néanmoins bien vite retrouvé sa langue acérée.

— Je vois que le fils ingrat est de retour à la maison. Où était-il et qu'a-t-il bien pu faire durant toutes ces années ?

C'était elle pourtant qui m'avait sommé de ne plus jamais remettre les pieds ici. J'ai réprimé mon envie de le lui balancer à la figure.

— Je suis en apprentissage. Je travaille dans un restaurant deux étoiles à Paris.

— Deux étoiles ?

— C'est un système de notation. Ça veut dire qu'il sert une cuisine raffinée.

Son visage était sillonné de rides. Elle a faiblement secoué la tête.

— Les hommes mangent pour vivre. Ceux de la ville semblent l'oublier.

— On peut parfois manger juste pour le plaisir…

— Et qu'est-ce que tu cuisines ?

Fidèle à elle-même, elle se contentait de parler sans écouter.

— Je suis chargé des parfaits.

— Un homme ? Pour un dessert ?

— Le dessert est un élément clé, puisque c'est le dernier souvenir qu'on garde d'un repas, celui qui nous reste sur la langue. Maintenant, je peux aussi proposer mes créations, et de temps en temps, je fais des crêpes.

— Des crêpes ?

Une lueur de méfiance s'est allumée dans ses prunelles.

— Tu parles de galettes, bien entendu.

— Non, sucrées. Une crêpe salée n'est pas un dessert.

Il y a deux types de crêpes originaires de Bretagne. Les galettes, de couleur brune, à base de farine de sarrasin, et les crêpes, d'une teinte dorée, à base de farine de blé. Les premières sont le grand classique de la cuisine bretonne, tandis que les crêpes sucrées sont dans ma famille considérées comme une hérésie.

— Les crêpes sucrées, c'est de la cochonnerie. C'est lamentable. Tu n'as pas honte, toi qui es breton, de servir un truc pareil à tes clients ?

— Encore cette histoire ? Tu n'en as pas marre ? Les temps changent, maman. Les crêpes sucrées sont douces au palais et plutôt appréciées à Paris.

— Qui a parlé de Paris ici ? Ce n'est pas croyable, tu es toujours le même. Tu n'as pas changé d'une virgule. Tu n'as fait aucun progrès en six ans.

Notre sujet de dispute favori était revenu sur le tapis.

— Et toi alors ? Comme d'habitude, tu n'écoutes rien de ce que je te dis et tu dénigres tout ! Peu importe ce que je fais, de toute façon, tu ne l'approuveras jamais.

— Ça me paraît effectivement impossible, pas de mon vivant, a-t-elle approuvé, l'air austère. Il n'y a plus qu'à espérer que ça arrive après ma mort.

— Après ta mort ?

— Un mort peut revenir ici-bas une seule fois, sous une autre forme. Quand je serai d'accord avec ce que tu fais, à supposer que ce moment arrive un jour, je me transformerai en fleur pour te le faire savoir.

— En fleur ?...

— Une fleur blanche à cinq pétales.

Elle a eu un petit rire espiègle. Son sourire m'a rappelé l'époque où elle était jeune et pleine de vie. Elle ne donnait pas l'impression d'être sur le point de claquer. Son entêtement m'irritait et me soulageait à la fois.

Le lendemain matin, à l'aube, ma mère, cinquante-quatre ans, a définitivement fermé le livre de sa vie.

Curieusement, sa mort a suscité une vive excitation au sein de la famille Barrow. Parce qu'elle avait poussé son dernier soupir un samedi. Et que les êtres aimés de Dieu étaient rappelés auprès de lui ce jour-là. Pour ceux qui croient en cette superstition, mourir un samedi est une grâce de Dieu, un peu comme s'il vous faisait la promesse de vous réserver un accueil chaleureux au Ciel.

J'étais le seul accablé de douleur devant le corps de la défunte. Les nombreuses règles à respecter avant un enterrement m'épuisaient littéralement. Interdiction de balayer tant que le défunt se trouvait encore dans la maison. Interdiction de s'absenter de la maison avant l'inhumation. Interdiction de s'arrêter en chemin vers le cimetière. Chacune de nos actions était accompagnée d'une interdiction.

Une fois tous ces rituels accomplis, c'est avec un profond soulagement que je leur ai annoncé que j'allais devoir rentrer à Paris.

— Reviens quand tu veux, Jean. Avec ou sans Annette, tu es ici chez toi.

— Je vais prier pour toi. Sois fier de tes origines. Mais tu es le fils de René, je ne me fais aucun souci pour ça.

— Que l'esprit de la Bretagne t'accompagne.

Mon oncle Roland, ma tante Isabelle, mes cousins Michel, Raymond, Anne, Nathalie. Je savais qu'ils étaient sincères. Leur plus grande fierté était de mener une vie bien comme il faut, en accord avec leurs convictions, une vie de bons Bretons courageux et charitables. Cette conviction, cependant, n'était à mes yeux rien d'autre qu'une malédiction. Une malédiction qui me poursuivait sans relâche.

Mais d'abord, ça veut dire quoi, être breton ?

Chaque fois que je lui posais la question dans un esprit de rébellion, ma mère me ressortait l'histoire de mon père.

— René avait un caractère bien trempé, c'était un homme obstiné. Une fois qu'il avait une idée en tête, rien ne pouvait le faire changer d'avis. Et quand il avait décidé de faire quelque chose, il le faisait jusqu'au bout. Tranquillement, avec un sang-froid remarquable. Il ne se laissait jamais abattre, jamais. Pour beaucoup de villageois, René était le modèle même du Breton.

Même si je ne pouvais pas gober tout cru les souvenirs forcément subjectifs d'une épouse dévouée à son mari, c'était sans conteste grâce à sa ténacité que mon père avait réussi à tripler la superficie des champs de sarrasin qu'il avait hérités de son propre père.

Seulement, le destin ne lui avait pas été favorable. Il avait été tué par la foudre bien avant que je sois en âge de me souvenir de lui. Après quoi, ma mère avait vendu les champs de sarrasin, s'était tournée vers le frère aîné de mon père, mon oncle Roland, et avait trouvé refuge chez la famille Barrow. Logée sous leur toit, elle leur donnait un coup de main à la pommeraie, passait son temps libre à étudier assidûment les étapes de la fabrication du cidre et puis elle m'élevait, moi, son fils unique. Elle travaillait dur chaque jour. Les Barrow nous traitaient tous les deux comme des membres de la famille à part entière et je n'ai jamais eu à souffrir de l'absence d'un père.

La maison des Barrow a toujours été pour moi un carcan étouffant. L'atmosphère y était pesante et sinistre, et me donnait l'impression de suffoquer. Le quotidien des Barrow, qui vénéraient les esprits des ancêtres, était régi par des règles draconiennes et les morts étaient bien souvent mieux traités que les vivants.

Toujours recouvrir les braises de cendres et veiller à entretenir le feu (afin que les morts puissent se réchauffer quand ils rentrent à la maison). Défense de siffler le soir (afin de ne pas provoquer les âmes errantes). Aucune sortie autorisée entre 22 heures et 2 heures du matin (parce qu'alors, le monde appartient aux morts). Combien de fois avais-je été puni pour ne pas avoir respecté ces bien trop nombreuses interdictions ?

Mon plus grand traumatisme, je l'ai subi à sept ans, lorsque j'ai été traîné à l'enterrement d'un petit garçon qui s'était noyé. Je n'arrêtais pas de me demander pourquoi, puisque nous n'étions même pas amis. Ma mère et mon oncle Roland me tenaient par la main et nous avons parcouru un long chemin à pied. Nous étions sur le point d'arriver quand ma mère m'a dit que je devrais *faire un bisou au défunt*. Embrasser un enfant mort était la promesse d'une longue vie. Elle avait vaguement entendu parler de cette légende quelque part. Non ! J'ai crié, pleuré, je me suis violemment débattu. Mon oncle et ma mère m'ont maîtrisé par-derrière et m'ont emmené de force devant le petit corps. La main de mon oncle aux ongles encrassés de terre m'a saisi par la nuque et m'a obligé à presser mes lèvres vivantes contre les lèvres mortes à l'intérieur du cercueil. Les lèvres blafardes d'un enfant que je ne connaissais pas. Aussi glacées et rugueuses qu'une pierre. Qui dégageaient une odeur légèrement aigre. Et à cet instant précis, je me suis fait un serment. Celui de quitter ce village.

Mon aversion pour tout ce qui était antiscientifique se renforçait au fil des années. Ma mère et tous les membres de la famille Barrow étaient esclaves de l'invisible. Les yeux perpétuellement rivés sur la mort, ils étaient incapables de se concentrer sur la vie. Pourquoi ne pouvaient-ils accorder plus de valeur à l'élan vital des vivants ?

J'avais les nerfs à vif dès qu'ils me disaient de me comporter *en Breton* ou comme *le digne fils de René*. J'étais moi avant d'être breton, et un individu à part entière avant d'être le fils de René.

Je voulais échapper à cette malédiction. Ces longues années marquées par la morosité m'ont poussé à quitter la maison après avoir terminé le lycée et à trouver un emploi à Quimper, à près de cent kilomètres de ma terre natale.

Un de mes amis m'avait proposé un job de plongeur dans un restaurant. Ma mère avait froncé les sourcils sous le choc de l'annonce. Malgré tout, elle ne s'était pas opposée à mon départ. Un choix sans doute dicté par sa gêne vis-à-vis des Barrow, qui ne roulaient pas sur l'or.

Faire la plonge était l'incarnation même de la monotonie, mais en compensation, ma nouvelle vie en ville débordait de couleurs. Si les esprits des morts régnaient sur mon village, la ville, elle, appartenait indéniablement aux vivants. Elle grouillait de vie. Humains, immeubles, voitures, on y trouvait absolument tout en abondance. Ce nombre infini brassait l'air stagnant, diluait les barrières entre les gens.

J'étais tout aussi impressionné par la profusion de nourriture qu'elle offrait. Regarder le chef s'affairer en cuisine m'a fait prendre conscience qu'on m'avait gavé des mêmes plats toute mon existence. Pommes de terre cuites à l'eau. Morue salée. Saucisses de porc. Galettes. Exactement comme si un rigoureux contrôle douanier avait été mis en place à l'entrée de la maison et que seul un nombre restreint de mets étaient autorisés à atterrir sur la table des Barrow.

Les premiers temps, soumis à mon sens du devoir, je sacrifiais mes jours de repos pour aller leur rendre visite. J'arrivais toujours les bras chargés de plats que j'avais appris à préparer en regardant faire le chef. Les Barrow, farouchement opposés à l'idée de nourriture-plaisir, ne cachaient pas leur méfiance et faisaient semblant d'y goûter. Et comme il fallait tout de même remplir leurs estomacs vides, ma tante Isabelle se mettait à faire des galettes. Le même dénouement à chacune de mes visites.

Des galettes sèches et insipides, vaguement aigres. Mais chacun retrouvait instantanément l'appétit et mon cousin Raymond était capable d'en engloutir une bonne dizaine.

— Ça, c'est le goût de la Bretagne authentique. Les crêpes sucrées ne sont pas nourrissantes pour un sou. Un vrai Breton mange des galettes ! s'exclamait rageusement ma mère quand le sujet de la conversation basculait sur les crêpes.

— Mais elles sont bien plus moelleuses avec des œufs et du sucre, et surtout beaucoup plus agréables à manger.

Quand je tentais de la contredire, elle laissait éclater sa fureur et s'écriait que je devrais avoir honte, des larmes de rage dans les yeux.

— Ce garçon a fini par oublier le goût de sa terre natale. Il a laissé son travail absurde lui souiller l'âme.

— La plonge est un excellent exercice physique, mais je ne vais pas m'arrêter là. J'envisage de devenir apprenti cuisinier.

— Apprenti cuisinier ? Faire la cuisine, c'est un travail de femme, ça.

— Dans quelle époque tu vis, maman ? Tu ne comprends vraiment rien. Normal, vu que tu as passé ta vie à manger des galettes dans ce trou perdu.

— Qu'est-ce que ça veut dire ?

— Que comme le contenu de ton estomac ne change jamais, le contenu de ta tête ne risque pas de changer non plus.

— Comment oses-tu !

Nos rencontres ne débouchant plus que sur des confrontations, je me suis tenu à l'écart des Barrow. Ils avaient fait le choix de se détourner de ma cuisine. Qu'à cela ne tienne ! J'allais pour ma part tourner le dos à leur table.

Les galettes de blé noir. Elles étaient pour moi le symbole d'une existence qui manquait cruellement d'éclat et de piquant.

Maman et moi. Même si le fossé entre nous n'avait cessé de se creuser d'année en année, ce sont bien évidemment les crêpes qui ont provoqué la rupture totale de nos liens.

L'histoire était mal partie. J'étais jeune et idiot… comment l'expliquer autrement ? Je n'avais que vingt et un ans, j'étais responsable des hors-d'œuvre dans un restaurant à Rennes, la plus grosse ville de la Bretagne, et surtout, surtout, j'étais amoureux.

Je n'irai pas jusqu'à dire que c'était mon premier amour. La ville est depuis toujours propice aux badinages amoureux, et même si je n'avais gagné ma liberté que tardivement, j'avais déjà quelques tête-à-tête à mon actif. Mais Cécile a été la première fille à me rendre fou, au point de me faire perdre tout contrôle sur mon corps et sur mon cœur.

Cécile était une jeune serveuse inexpérimentée qui venait d'être recrutée dans le restaurant où je travaillais. C'était la première fois que je rencontrais une fille comme elle. Des cheveux blonds comme les blés, un corps voluptueux. Et puis, elle débarquait de Paris.

— Pourquoi quitter Paris pour la Bretagne ?

— J'étais fatiguée de la capitale. C'est tout.

Tout s'est passé très vite entre nous. Dès les premières heures de travail, Cécile a laissé éclater son incroyable pouvoir destructeur, réduisant en miettes assiette après assiette, verre après verre. Le patron l'a remerciée au bout de cinq jours. Son renvoi a démoralisé tous les employés mâles du restaurant. Pour nous, la perte des lignes parfaites de ses hanches était un coup plus dur à encaisser que celle de notre vaisselle.

J'étais jeune et je ne renonçais pas facilement. Je me suis lancé à la poursuite de ces hanches et j'ai proposé un rencard à leur propriétaire. J'ai reçu un OK inattendu, et nous avons aussitôt convenu d'un rendez-vous. Le jour même, j'ai emprunté la voiture d'un ami et nous avons roulé jusqu'à la forêt de Huelgoat où, postés sur des rochers recouverts de lichen, nous avons échangé des propos insignifiants pendant que je lui caressais les fesses. Le soir, nous sommes allés prendre un verre dans une boîte de nuit.

— J'en avais marre des rencards en ville.

Cécile, légèrement éméchée, se laissait aller de tout son poids contre moi.

— J'ai toujours rêvé de ce genre de rendez-vous, à la campagnarde, a-t-elle ajouté.

Mais ses manières étaient résolument urbaines lorsqu'elle m'a guidé vers le lit. Après ça, nous nous sommes mis en couple.

J'avais conscience qu'elle était uniquement séduite par mon côté *rustique*. Mais cela me convenait parfaitement. Son corps aux courbes affriolantes était incroyablement réceptif. Rien que pour cela, elle avait toute ma reconnaissance. Je fermais volontiers les yeux sur les moments barbants que nous partagions en dehors du lit, j'étais même prêt à l'accompagner cueillir des fraises dans les prés si c'était ce qu'elle souhaitait.

— J'aimerais bien rendre visite à ta famille.

Si j'en suis arrivé à l'emmener chez les Barrow, c'était pour satisfaire un de ses caprices.

— Je veux voir la campagne profonde, la vraie de vraie.

— La vraie de vraie ? Il n'y a rien d'intéressant là-bas, tu sais. Ce sont juste des gens aux idées conservatrices qui mènent une vie très conventionnelle.

Et j'avais peur de ce que ces conservateurs allaient penser en la voyant, *elle*.

Affolé, j'ai essayé par tous les moyens de l'en dissuader, mais Cécile s'obstinait à dire qu'elle voulait *à tout prix y aller*. Je me retrouvais bloqué dans une impasse, cerné de toutes parts par une épineuse question : allais-je devoir la quitter ? J'ai fini par abdiquer.

Je n'étais pas rentré chez moi depuis un an. Et pour couronner le tout, je débarquais avec une Parisienne blonde à mon bras. Je me sentais mal rien que d'imaginer la stupéfaction, le chaos, l'affliction qu'allait provoquer notre arrivée. S'il vous plaît, faites que personne ne s'évanouisse.

Contrairement à mes pires craintes, les Barrow présents à la maison ont fait preuve d'une bienveillance déconcertante.

— Enchanté ! Merci d'avoir fait tout ce chemin pour venir nous voir.

— Et merci de prendre soin de notre garçon.

— Vous allez rester déjeuner avec nous !

Je n'en croyais pas mes oreilles. Mon oncle Roland, qui se montrait habituellement intransigeant sur les tenues vestimentaires des femmes, a adressé un sourire paisible à Cécile dont la minijupe laissait entrevoir sa petite culotte. Ma tante Isabelle et ma mère, qui répétaient à qui voulait l'entendre que « les femmes trop maquillées sont l'incarnation du diable » ont habilement détourné le regard de ses paupières fardées de violet. Michel, l'héritier de la famille et le plus irascible de tous mes cousins, n'a pas sourcillé quand elle a recraché un morceau de sandwich à la saucisse faite maison en disant que c'était dégueu.

Un sourire à mémoire de forme était poliment plaqué sur leurs lèvres. Un sourire que j'ai peu à peu réussi à déchiffrer. S'ils faisaient preuve de courtoisie, c'était non pas pour mettre à l'aise ma *petite amie*, mais pour lui faire comprendre qu'elle n'était qu'une *invitée*, qu'ils étaient par conséquent *obligés* d'accueillir chaleureusement.

Tenir quelqu'un à l'écart, lui signaler qu'il ne pourra jamais faire partie de la famille, c'était leur meilleure défense, mais aussi leur meilleure attaque.

Une fois le déjeuner terminé, ils se sont tous évaporés dans la pommeraie. Cécile, qui avait manifesté l'envie de les accompagner, s'était vu opposer un refus certes aimable, mais catégorique.

Désœuvrée, ma petite amie a commencé à rôder dans la cuisine. Ça, c'est la campagne ! s'est-elle extasiée en remarquant notre vieille balance. J'ai décroché le gros lot ! s'est-elle ensuite écriée en découvrant notre cuisinière à bois. Et elle a fini par *la* voir.

La billig que possédait autrefois chaque foyer. Une plaque circulaire en fonte pour faire cuire les crêpes. Les Barrow, totalement indifférents aux évolutions de leur époque, continuaient de préparer leurs galettes à la maison sans jamais en acheter à l'extérieur.

— J'ai toujours voulu faire une crêpe là-dessus. Laisse-moi essayer, allez, Jean !

J'aurais dû me montrer plus prudent. Parce que j'avais depuis longtemps deviné que cette billig avait une signification particulière pour les femmes de la famille Barrow. Mais je n'ai pas vraiment réfléchi sur le moment. J'avais bien trop peur de froisser Cécile.

— Bon, mais il faut faire vite, avant que tout le monde rentre, d'accord ?

Elle a évidemment réclamé des crêpes sucrées. Farine de blé, œufs, sucre. Heureusement, la modeste cuisine des Barrow disposait au moins de ces quelques ingrédients. Je les ai rapidement mélangés avec de l'eau pour obtenir une pâte et j'ai mis la billig à chauffer.

J'ai fait fondre un morceau de beurre sur la plaque et étalé la pâte. L'odeur du beurre et des œufs s'est doucement répandue dans la pièce.

— Laisse-moi essayer !

— Regarde d'abord. C'est plus difficile que ça en a l'air.

— Tu me prends pour qui ? Je peux très bien y arriver ! Allez, donne-moi ça.

Ce qui n'a pas été le cas. La pâte doit être rapidement étalée sur la plaque en une couche fine et uniforme avant qu'elle ne durcisse, et une fois qu'elle commence à brunir, il faut réussir à la retourner sans la déchirer. C'est un tour de main qui n'est pas à la portée des débutants. Une montagne de crêpes ratées s'est accumulée en un rien de temps sur l'évier.

— Tu es nulle, me suis-je moqué en riant.

Elle a répliqué par un coup de pied dans les tibias, je lui ai touché la poitrine et les fesses dans un semblant de riposte. Elle a tortillé des hanches en réponse et le doux parfum sucré s'est peu à peu transformé en odeur de crêpe brûlée.

La voix de ma mère a grondé à cet instant précis, faisant se hérisser tous les poils de mon corps.

— Bougre d'idiot !

Je me suis retourné en entendant son cri menaçant. Elle se dressait de toute sa hauteur dans l'encadrement de la porte.

— Qui t'a autorisé à faire un truc pareil ? Ta tante Isabelle est la seule à avoir le droit d'utiliser cette billig. Laisser une étrangère la toucher… et pour faire des crêpes sucrées par-dessus le marché !

J'ai fait un pas en avant, comme pour protéger Cécile.

— Désolé, je n'en savais rien.

— Ne fais pas l'ignorant. Même moi, je ne l'ai jamais utilisée. Tu es censé le savoir.

— D'accord, je suis désolé. Je te demande pardon. Mais Cécile n'a rien fait de mal. Elle voulait juste vous préparer de bonnes crêpes… de quoi régaler tout le monde.

— Arrête ça. Cette fille n'a pas débarrassé une seule assiette après le déjeuner ! Je la vois mal avoir une idée pareille.

— Maman, tu deviens grossière.

— Tu auras beau prendre sa défense, ça ne servira à rien. Ce n'est pas comme si ça allait marcher entre toi et cette petite Parisienne à la cuisse légère. Seule une Bretonne convient à un Breton.

— Une Parisienne à la cuisse légère ? Qu'est-ce que tu y connais à Paris, toi ? Tu n'as jamais quitté ton trou !

Nous nous sommes finalement lancés dans une violente dispute mère-fils. La colère refoulée d'un fils depuis l'enfance, la colère d'une mère envers un fils qui ne rentrait jamais à la maison. Chacun avec notre fureur muselée au fond de notre cœur, nous nous sommes plongés dans une guerre de substitution à propos de la Bretagne et de Paris.

Cécile a soudain sonné le gong de la fin des hostilités.

— Pas besoin de vous inquiéter, madame. J'aime bien venir à la campagne, mais je ne suis pas prête d'y vivre, et je n'ai pas du tout l'intention d'épouser Jean.

Ma mère et moi, qui étions en train d'échanger des œillades assassines, avons en même temps fait glisser notre regard vers la propriétaire de la voix.

Ma petite amie, qui s'était lassée des crêpes, préparait des œufs au plat sur la billig.

— Jean, j'ai une dernière faveur à te demander, a annoncé ma mère qui avait l'air d'avoir vieilli de dix ans, prends cette fille avec toi et va-t'en. Pars immédiatement et ne remets plus jamais les pieds ici.

Cécile, qui avait eu sa dose de paysages champêtres, est rentrée à Paris quelques mois plus tard. J'ai malgré tout continué de respecter le souhait de ma mère et je n'ai plus franchi le seuil de la maison des Barrow. Je lui envoyais ma nouvelle adresse quand je changeais de travail, mais elle n'a jamais pris la peine de me contacter. Rupture totale. Mais je sais à présent que ma mère était toujours là, avec moi, dans un recoin de mon esprit.

Je suis allé de restaurant renommé en restaurant renommé, je me suis fait la main auprès de chefs talentueux. Je passais mon temps libre dans ma cuisine, à rêver du jour où j'atteindrais le sommet. Du jour où je serais chef cuisinier. Le meneur de jeu, le maestro des cuisines. Grimper aussi haut me permettrait peut-être enfin d'obtenir l'approbation de mon incorrigible mère ? C'était sans aucun doute cet espoir qui me poussait à avancer.

Ce point d'appui s'est effondré quand ma mère est morte alors que j'avais vingt-sept ans. J'ai été envahi par un sentiment de perte qui, tel un démon, dévorait toute mon énergie. J'ai perdu ma passion pour la cuisine, tout comme mon ambition. Et personne n'avait la moindre idée de ce qui était en train de se passer en moi alors que je me démenais derrière les fourneaux.

Ironie du sort, c'est depuis les profondeurs de mon découragement que j'ai pour la première fois pris conscience que j'étais bien un Breton.

J'ai réalisé que j'étais cruellement persévérant, obstiné jusqu'à la moelle.

L'état d'esprit dans lequel je me trouvais importait peu : j'avais décidé de faire quelque chose, et je le faisais jusqu'au bout. Tranquillement, avec un sang-froid remarquable. Rien n'aurait pu me faire changer d'avis. Je ressemblais à mon père, tel que ma mère me l'avait décrit. Bien sûr, tous les Bretons ne sont pas comme ça, mais de toute évidence, je portais en moi une petite part de mon père, qui était le modèle même du Breton. Comme un mécanisme compliqué destiné à s'enclencher une fois que j'aurais atteint l'âge requis.

Finalement, la croissance de ma renommée dans le milieu a été inversement proportionnelle à mon découragement et, cinq ans après le décès de ma mère, j'ai été promu chef cuisinier d'une célèbre table parisienne.

Cependant, le tempérament breton est une épée à double tranchant. Mon obstination, qui remontait à la surface à mesure que je prenais de l'âge, a eu des conséquences néfastes sur ma vie. Pour parler franchement, je n'avais aucun succès auprès de la gent féminine.

Après m'être fait plaquer par Cécile, j'ai arrêté de tenir le compte des femmes qui avaient décidé de me quitter.

Ça marchait pas mal au début, quand on apprenait à se connaître. Mais plus notre relation avançait, plus elles avaient tendance à s'éloigner de moi, un pas après l'autre, pour finalement me lancer des « trop, c'est trop ! », des « je suis fatiguée » ou des « c'est devenu trop compliqué », avant de claquer la porte. Ma nature inflexible poussait n'importe qui au désamour.

Une tendance aux idées fixes, qui s'aggravait avec le temps. J'étais devenu bien trop têtu pour faire marche arrière une fois que c'était dit. J'étais du genre, lors d'un rendez-vous galant, à embarquer ma copine dans une marche forcée jusqu'à trouver *le* bar où le café et les prix me convenaient.

— Tu es peut-être quelqu'un de solide, Jean, mais je ne m'amuse pas du tout avec toi, m'avait jeté à la figure une de mes futures ex-petites amies. Fatale déclaration.

Et puis j'ai rencontré Sarah. Au début, je me rongeais les sangs à guetter le moment où elle allait finir par tourner les talons. Dès les premiers mots échangés, j'ai senti en elle un je-ne-sais-quoi de différent des autres. J'avais terriblement peur de la perdre.

J'ai fait sa connaissance au restaurant dont j'étais le chef. Sarah, qui travaillait pour une maison d'édition, était venue dans le but d'écrire un papier pour un livre de gastronomie. En général, je laissais au manager le soin de gérer les relations avec les médias, mais ce jour-là, on est venu me dire que la journaliste avait demandé à me voir.

Une femme déterminée, les cheveux coupés en un carré court, m'attendait dans la salle.

— Le repas était excellent, chef. Vous avez toute ma confiance.

Sa confiance ? Me voyant pencher la tête en réponse à cette déclaration pour le moins étrange, elle m'a adressé un sourire.

— Pour tout vous dire, il y a trois jours, j'ai commandé le même menu, assise à cette même table. Lorsque vous parlez de livre, beaucoup de restaurants ont tendance à sortir le grand jeu, alors, vous voyez, c'était... juste au cas où. Mais j'ai vécu aujourd'hui la même expérience qu'il y a trois jours. C'était tout aussi délicieux. Vous m'avez donné envie de revenir.

Son compliment ne m'a pas rempli de joie, bien au contraire. Mon cœur s'est plutôt retrouvé envahi par une brume opaque, que j'ai eu du mal à identifier sur l'instant.

Elle avait mangé à cette même table trois jours plus tôt. Mais je ne l'avais pas remarquée. Rien de plus normal, puisque je passais mes journées en cuisine. Cette évidence m'a tout à coup paru d'une incohérence âpre.

Si le chef se met à traîner en salle, ça crée du stress. Votre rôle, c'est de rester en cuisine, voilà ce que le manager aimait à me répéter. Mais était-ce vraiment le cas ? C'était quand, la dernière fois que j'avais vu le visage d'un client ? Le doute s'est répandu en moi comme une mousse blanchâtre impossible à écumer.

Quelques jours plus tard, j'ai pris mon courage à deux mains et j'ai appelé Sarah. C'était encore une fois une histoire à dormir debout, mais je n'avais pas pu résister à la tentation de parler des bouleversements qui s'opéraient en moi à la femme qui les avait provoqués.

— Je suis désolé de vous embêter avec tout ça alors qu'on vient à peine de se rencontrer, mais... j'ai l'impression que je dois vous en parler, allez savoir pourquoi, ai-je commencé en essayant de ravaler ma gêne.

— C'est un honneur, m'a-t-elle répondu en souriant.

Même si elle pensait secrètement que j'étais fou.

— Je vous écoute.

— J'ai été élevé dans une famille où on mange pour vivre. Une maison où les mêmes ingrédients, les mêmes plats apparaissent sur la table jour après jour. Une maison où on pense que parler de goût est un péché, une trahison envers Dieu. Mais moi, voilà ce que je pense. Je pense que les gens, surtout les gens comme eux, devraient parfois mettre leur quotidien de côté et simplement profiter d'un bon repas. C'est ce que j'ai pensé dès le moment où j'ai fait mes premiers pas en cuisine. J'avais envie que ceux qui d'ordinaire mangent pour vivre puissent se retrouver autour d'une table joyeuse, même si ce n'est qu'une fois par mois. J'avais envie qu'à cet instant précis, ils apprécient le fait de prendre du plaisir à manger. Et j'avais espoir que ma cuisine, un jour, pourrait rendre possible une telle magie. Oui, c'était censé être mon point de départ, mais… sans que je m'en rende vraiment compte, je me suis retrouvé prisonnier de ma soif de réussite, ma passion pour mon travail s'est évanouie, et j'ai fini par oublier ceux qui mangeaient ma cuisine. Et c'est justement vous qui m'avez fait prendre conscience que je les avais oubliés.

Sarah a prêté une oreille attentive à mon récit pesant. Elle n'a pas essayé de me remonter le moral ou de me donner son avis. Ses yeux me proposaient simplement de trouver une solution ensemble.

— Je suis désolé, encore une fois. Je vous raconte ma vie alors qu'on se connaît à peine… Je dois être un peu dingue, me suis-je excusé au moment de nous quitter.

— Pas du tout. Elle a esquissé un sourire. Vous êtes un type tout à fait normal. Il y a beaucoup trop de gens qui ne doutent pas assez, en ville.

Dès lors, nous avons enchaîné les rendez-vous. Et plus nous devenions proches, moins je pouvais me passer d'elle. J'étais à un âge où l'harmonie spirituelle avec l'autre était désormais plus importante que la compatibilité charnelle et *tomber amoureux* ne me paraissait pas être l'expression adaptée à ce que je vivais avec Sarah. Sarah m'entraînait bien plus loin que l'amour. Notre intimité devenait chaque jour plus profonde, et elle réussissait à me faire à apercevoir au loin un monde beaucoup plus vaste, un monde sans équivalent.

Sarah était une femme forte. Elle portait un regard aiguisé sur la réalité, mais elle avait aussi un petit côté idéaliste, tout comme moi. Et puis, son entêtement surpassait parfois le mien. Un jour où je l'avais embarquée dans une marche forcée jusqu'à trouver *le* bar où le café et les prix me convenaient, c'était elle qui avait fait demi-tour, car elle n'était pas satisfaite de l'emplacement de la table.

— On se ressemble tous les deux et c'est pour ça que je t'aime, mais des fois, tu m'épuises, lui ai-je un jour avoué, ce qui l'a fait éclater de rire.

— Je ne te l'ai jamais dit, mais je viens de Bretagne, moi aussi.

Elle apportait de la profondeur à ma vie. A trente-cinq ans, je venais enfin de rencontrer une personne du sexe opposé que je pouvais appeler ma *compagne*. L'exaltation et l'apaisement qu'elle me procurait au quotidien, les saveurs de la vie, nouvelles, rehaussées, obtenues par la résonance avec l'autre ne cessaient de m'émerveiller.

Toutefois, mon sentiment de malaise vis-à-vis de mon travail ne s'était en rien atténué et la brume qui avait envahi mon cœur s'épaississait de jour en jour.

Etais-je condamné à rester cloîtré dans ma cuisine pour toujours ? A ne pouvoir rencontrer qu'une infime portion de mes clients, ceux qui demandaient à saluer le chef ?

Les doutes qui me tenaillaient n'ont pas arrangé mon caractère taciturne. J'avais tendance à me retirer dans mon propre monde, et ce, même en plein travail. Probablement parce que j'avais l'esprit si préoccupé, je ne tolérais plus la moindre erreur de la part du personnel. J'avais de temps en temps des accès de fureur qui achevaient de me déprimer.

J'étais quelqu'un de perfectionniste, et en règle générale, je n'arrivais pas à me satisfaire du travail des autres. J'aurais tout fait moi-même si j'avais pu. Je détestais les cuisines encombrées par du personnel trop nombreux. Je voulais pouvoir écouter le chant de mes casseroles en toute tranquillité. Je voulais pouvoir entamer un véritable dialogue avec chacun de mes plats.

Mes réflexions m'ont mené à la conclusion que je n'étais pas fait pour être le chef cuisinier d'une grande table.

— Les jours ne font que passer. Les gens aussi, ai-je murmuré un soir, blotti contre Sarah dans le lit. Même ma cuisine, elle ne fait que passer devant les clients. Je n'arrive plus à les imaginer en train de la manger.

— Pareil pour moi, m'a-t-elle répondu, à ma grande surprise. Je rencontre et j'interviewe beaucoup de monde. Mais je viens à peine de rencontrer quelqu'un que je dois déjà le quitter, alors moi aussi je ne fais que passer, tu sais. C'était stimulant quand j'étais plus jeune, mais aujourd'hui, pour être franche, je trouve ça vraiment pénible. Il y a bien d'autres façons de vivre, c'est ce que je me dis, en tout cas.

— D'autres façons de vivre ?

— J'ai envie d'aller m'installer quelque part, d'y planter mes racines. Je veux pouvoir semer des graines dans la terre et attendre qu'elles portent leurs fruits. Voilà le genre de vie que je veux.

Ses yeux d'un vert olive tendre se sont mis à briller, comme illuminés par les rayons du soleil.

— Dis, a-t-elle lancé en se redressant tout à coup, gagnée par l'entrain, ça te plairait, une table d'hôtes ?

— Une table d'hôtes ?

— Ça fait un petit moment que cette idée me trotte dans la tête. Retourner en Bretagne pour y ouvrir une maison d'hôtes, simple et douillette. Je me suis toujours dit que ça serait sympa d'avoir ma petite maison d'hôtes à moi, où j'accueillerais seulement quelques clients par jour, d'en faire un endroit où ils se sentiraient comme chez eux et où ils pourraient revenir quand ils voudraient. Mais depuis que je t'ai rencontré, ce rêve s'est un peu transformé. Une table d'hôtes, ce serait encore plus chouette.

Une modeste auberge, comme on en trouve beaucoup en province. Maison d'hôtes, table d'hôtes, il n'y avait pas beaucoup de différences entre les deux. La plus grande étant que contrairement à la maison d'hôtes où on ne servait que le petit-déjeuner, la table d'hôtes proposait également le repas.

— Bien sûr, ça, c'est mon rêve à moi. Toi, tu as le tien. Simplement, imagine un peu toutes les possibilités qui s'ouvriraient à nous si on additionnait nos deux rêves.

Jusqu'à alors, jamais l'idée d'une table d'hôtes ne m'était venue à l'esprit. Je ne savais même pas si cette éventualité m'intéressait. Mais le fait est qu'à l'instant où ces deux mots avaient franchi les lèvres de Sarah, j'avais senti un nouveau souffle circuler en moi.

— Tu me laisses le temps d'y réfléchir ?

— Bien sûr.

Et j'ai réfléchi. A un avenir où Sarah et moi tiendrions une table d'hôtes en Bretagne. J'ai réfléchi, jour après jour. Au cheminement concret du projet. A la question financière. Aux possibilités de réussite. Les hommes comme moi, ceux qui ne peuvent plus faire marche arrière une fois leur décision prise, se montrent aussi prudents que des serpents quand il s'agit de faire un choix. Je devais être totalement à l'aise avec l'idée avant de me prononcer.

Sept mois plus tard, enfin déterminé, j'ai invité Sarah à l'opéra, et je lui ai annoncé la nouvelle sur le chemin du retour.

— J'ai pris ma décision. J'ai envie de me lancer dans cette aventure de table d'hôtes avec toi.

Sarah m'a jeté un regard hébété.

— Ne me dis pas que… tu as réfléchi pendant tout ce temps ?

— Pouvoir régaler non pas des clients qui ne font que passer, mais des convives qui viendraient séjourner dans notre auberge… Les servir en personne, voir leur visage. Plus j'y pense et plus je me dis qu'une table d'hôtes, ce serait l'idéal pour moi. Seulement, me suis-je résolu à ajouter, j'ai aussi envie de réaliser un autre idéal, mon idéal en tant qu'homme. J'aimerais que la pierre angulaire de notre auberge soit la famille que nous allons fonder ensemble. Sarah, je ne peux pas me passer de toi. Voudrais-tu me faire confiance et accepter de m'épouser ?

Elle s'est instantanément figée. J'ai vu ses traits se relâcher peu à peu, plus ému que jamais.

Ses lèvres se sont enfin détendues, et son joli minois s'est éclairé d'un doux sourire.

— Je te l'ai pourtant dit, le jour où on s'est rencontrés. Que tu avais toute ma confiance.

J'ai démissionné, et nous avons laissé Paris derrière nous pour retourner en Bretagne. Nous avons loué un appartement pour deux (pour le moment) en plein cœur de Quimper. Nous avons décidé d'attendre l'ouverture de notre table d'hôtes pour faire la fête comme il se devait et nous nous sommes contentés d'une modeste cérémonie de mariage où nous avons trinqué à deux.

Tout se déroulait à merveille.

Je me suis très vite habitué à notre nouvelle vie. J'étais si bien installé ici, dans cette région qui m'avait vu naître et où je n'avais pas remis les pieds depuis tellement longtemps, que mes années passées à Paris me semblaient un film vu au cinéma. Et avant de me demander ce que moi-même je pensais de cette situation, j'étais préoccupé par ce que ma mère en aurait dit si elle avait été encore en vie.

Seule une Bretonne convient à un Breton. C'était ce qu'elle me chantait sur tous les tons. Alors comment aurait-elle réagi à l'annonce de mon mariage avec Sarah ?

Qu'aurait-elle pensé de notre retour sur notre terre natale ? De notre rêve d'ouvrir une table d'hôtes ?

La pluie du Finistère a inévitablement ranimé les visages que j'avais enfermés dans l'abîme de mes souvenirs amers.

Par bonheur, les membres de la famille Barrow étaient tous en bonne forme. A défaut d'un repas de noces, nous avons invité nos deux familles à venir nous voir dans notre nouveau chez-nous à Quimper, où nous avons organisé une modeste réception.

— Jean, ça ne va pas. Trois bougies allumées en même temps dans une maison, ça porte malheur.

— J'espère que vous avez bien laissé entrer un animal en premier quand vous avez emménagé ici ? C'est plus prudent d'envoyer un chien ou un chat en éclaireur.

— Je prie pour que la lune brille le jour où votre enfant viendra au monde.

Ils étaient toujours les mêmes, à la différence près que désormais, j'étais capable d'accepter leurs divagations en riant. Même si mon sourire se tordait en un rictus aigre au souvenir de ce jour cauchemardesque où mes lèvres avaient touché de force celles d'un enfant mort.

Voir les Barrow goûter les plats que j'avais préparés m'a comblé de joie. Mes cousins, qui avaient accouru avec conjoints et enfants, ont même chanté les louanges de ma cuisine, disant qu'ils n'avaient jamais rien mangé d'aussi bon.

— Tu t'es amélioré, Jean.

— Laisse-moi te dire que si on touchait à peine à ce que tu nous apportais à l'époque, c'est aussi parce que ce n'était pas très bon.

Mon oncle Roland et ma tante Isabelle, au début réticents devant toute cette nourriture qui leur était étrangère, ont craintivement tendu leurs fourchettes au milieu de la fête, accélérant peu à peu la cadence à laquelle ils piochaient dans les plats. Ils avaient les joues légèrement empourprées.

En les voyant faire, j'ai de nouveau pensé que c'était pour des gens comme eux que j'avais envie de cuisiner. Ceux qui mangeaient pour vivre. Qui ne cherchaient aucun plaisir dans la nourriture, qui mangeaient tous les jours la même chose. C'était ainsi qu'ils avaient choisi de vivre, et je n'avais plus rien contre. Tout ce que je désirais, c'était les voir faire une pause une fois par mois, non, même rien qu'une fois par an, qu'ils se retrouvent libérés des entraves de leur quotidien grâce à la cuisine, à un repas qu'on aurait préparé pour eux. Qu'ils se sentent parfaitement détendus et en paix. Je me demandais si, après toutes ces années, ma mère aurait été à l'écoute de cette pensée.

— C'est une super soirée, Jean. Merci de nous avoir invités.

Tandis que je livrais bataille contre les regrets qui s'insinuaient dans mon cœur, mon oncle Roland s'était levé, un verre de cidre à la main.

— Sarah est extraordinaire. Elle s'occupe de tout le monde et pourtant elle arrive toujours à temps pour remplir mon verre de cidre ! Elle a une maîtrise de l'espace quasi terrifiante. Elle fera une merveilleuse épouse, et une merveilleuse patronne d'auberge.

Après avoir fait l'éloge de Sarah pendant un petit moment, Roland a ajouté, en baissant la voix :

— Ça reste entre toi et moi, mais quand tu as débarqué à la maison avec cette Parisienne à ton bras, ça m'a vraiment secoué. Je me disais que si tu te mettais à parler de l'épouser, on allait devoir t'exorciser pendant au moins trois jours et trois nuits.

J'étais rouge jusqu'aux oreilles.

— Roland, oublie cette fille.

— Mais je me disais aussi que si j'avais rencontré cette blondinette à vingt ans, je me serais moi aussi entiché d'elle, même si ça revenait à trahir Dieu.

— Vraiment ?

— En un mot, tu étais jeune. Et Annette aussi le savait.

Mon oncle a posé la main sur mon épaule, une main imprégnée de terre jusque dans les plis de la paume. Je ne pouvais accepter si facilement ces mots qu'il semblait avoir déchiffrés en moi.

— Maman est morte sans jamais avoir pu être fière de moi. C'est la seule chose dont je suis sûr.

— Mais elle savait qu'elle le serait un jour ou l'autre. C'est la vérité. *Mon fils fera ma fierté, c'est sûr*, c'est ce qu'elle disait quand tu n'étais pas là. Elle croyait en toi.

Quand je n'étais pas là. J'hésitais entre me réjouir ou me laisser gagner par la honte après ce que mon oncle venait de me confier. Les dernières paroles de ma mère, celles qu'elle m'avait réservées le soir avant sa mort, me sont tout à coup revenues en mémoire. *Quand je serai d'accord avec ce que tu fais, je me transformerai en fleur pour te le faire savoir, une fleur blanche à cinq pétales.*

C'était le vœu ardent d'une mère qui espérait être fière de son fils, la manifestation de son désir de voir venir ce jour, même après sa mort.

Sarah et moi avons entamé notre long périple. Nous nous sommes engagés sur le chemin interminable qui devait nous mener à la réalisation de notre table d'hôtes.

Mais il n'y avait aucune urgence. Car à l'inverse du temps parisien qui poursuivait les gens sans relâche, le temps breton, lui, ne les pressait jamais.

Nous avons fait le tour des tables d'hôtes du Finistère, où nous avons appris le savoir-faire et l'hospitalité auprès des propriétaires. Nous avons visité plus d'une dizaine de sites potentiels avant de tomber sur une ferme à l'abandon, autrefois la propriété d'un fermier riche et puissant, dans un village niché dans un écrin de verdure. Nous avons jeté notre dévolu sur cette vieille bâtisse aux dimensions et à l'emplacement parfaits pour une table d'hôtes. Notre premier enfant, une petite fille que nous avons appelée Jeannette, est né trois jours après la signature du contrat.

Nous avions trouvé l'endroit idéal. A présent commençait la guerre des nerfs. J'ai trouvé un poste de chef cuisinier dans un hôtel à Quimper et j'ai décidé de consacrer mon jour de repos hebdomadaire à la réhabilitation de la ferme. Même si Sarah et moi avions de l'argent de côté, j'étais père de famille désormais et je ne pouvais pas me permettre de rester indéfiniment au chômage. Et j'estimais que travailler dans un hôtel pouvait m'être utile pour la gestion de ma future affaire.

Pouvoir ne consacrer qu'un jour par semaine aux travaux, par ailleurs souvent gênés par la pluie, limitait l'avancement du chantier, mais à force de descendre au village, j'y rencontrais de plus en plus de visages connus, et des hommes de bonne volonté se sont tour à tour proposés pour me donner un coup de main. Nous avons d'abord remis en état le toit délabré, changé les châssis et les fenêtres. Puis nous avons entièrement arraché et remplacé le carrelage au sol, et les combles, au deuxième étage, ont été rénovés en chambres. J'ai repeint les murs noircis, réparé la cheminée hors d'usage. De temps en temps, les cousins Barrow venaient me prêter main-forte.

Notre deuxième enfant est venu au monde alors que nous venions enfin d'achever le parement extérieur. Un garçon cette fois, prénommé Alan. Dans un salon devenu aussi bruyant qu'une étable, Sarah et moi nous sommes échinés à concevoir la décoration intérieure. Notre volonté ? Sélectionner soigneusement chacun des objets qui allaient entrer dans l'auberge, sans aucune exception. Nous ne voulions faire aucun compromis, que ce soit pour un fauteuil ou un abat-jour. Nous avons fait la tournée des boutiques de décoration à Paris sans trouver notre bonheur. Alors nous avons décidé de fabriquer nos meubles nous-mêmes. Tables à manger, chaises, buffets, lits, armoires, tables de chevet. Avec l'aide d'un ancien menuisier du coin, j'ai consciencieusement assemblé, poncé et verni des chutes de bois obtenues pour rien. Nous les avons peints, quand il y en avait besoin. Malgré l'attention de tous les instants que nécessitait l'éducation des enfants, Sarah s'est chargée de confectionner les rideaux, les couvre-lits, les coussins. En revanche, j'ai engagé un professionnel pour tout ce qui concernait la plomberie.

Nicolas, notre troisième enfant, est né au moment où nous étions en train de parachever l'aménagement intérieur. J'ai démissionné de mon travail à l'hôtel, nous avons quitté notre logement à Quimper, et notre petite famille, à présent composée de cinq membres, s'est installée au premier étage de l'auberge. Nous venions de mettre un point final à notre existence provisoire et nous allions enfin pouvoir nous reposer dans cette demeure qui était désormais la nôtre.

En fait, non, ce n'était pas encore le moment de se reposer. L'auberge avait beau être habitable, elle n'était pas encore prête à accueillir des clients. Une grande partie du jardin, qui s'étendait sur presque toute la propriété, était dans un tel état d'abandon qu'on aurait pu se croire en pleine forêt. Nous avons laissé les arbres aussi naturels que possible et avons fauché les herbes folles. Mes deux enfants les plus âgés m'ont aidé dans cette tâche aussi colossale qu'éreintante. Nous avons semé diverses variétés de fleurs dans le jardin à présent ouvert et soigné. Nous en avons profité pour y installer une balançoire et aménager une terrasse pour le barbecue.

La grande fête que nous avons organisée pour l'inauguration de l'auberge a également servi de réception de mariage. Cela faisait sept ans que nous nous étions passé la bague au doigt. Nous avons reçu nos familles dans le jardin où le grand événement avait lieu, mais pas uniquement. Nos amis, dont le nombre n'avait cessé d'augmenter au cours des années, étaient venus en foule nous exprimer leurs sincères félicitations. Ils avaient tous pris part à notre projet. Certains des villageois, qui arboraient les sabots ou encore la coiffe traditionnels, nous ont fait l'honneur de chanter et de danser pour nous. Ces gens-là, enveloppés par l'odeur de la terre, ne faisaient pas que passer.

Sarah et moi avions réussi à planter nos racines quelque part, semer de nouvelles graines. Il ne nous restait plus qu'à attendre qu'elles portent leurs fruits, que nous prendrions plaisir à partager avec eux.

Nos familles nous ont aidés à débarrasser le jardin des vestiges de la fête, après quoi, Sarah et moi nous sommes accordé un moment de répit sur la terrasse baignée par le clair de lune. Nous étions enfin parvenus au bout du chemin. Nous nous sentions grisés par un sentiment d'accomplissement total, sans toutefois oublier que le plus dur était devant nous.

— Les deux premières années risquent d'être compliquées. On ouvre la semaine prochaine mais on n'a que deux réservations pour le moment. Et encore, ce sont mes parents et ta cousine.

Sarah était réaliste.

— Mais nous afficherons sûrement complet dès la troisième année. J'y crois. Parce que cet endroit est magnifique. Et que nous t'avons en cuisine.

— Je suppose qu'on va devoir faire preuve de patience.

Nos voix étaient enjouées, malgré les perspectives peu rassurantes. Nous étions confiants dans notre capacité à endurer le pire.

— Jean… ce n'est qu'une idée, mais… on va avoir pas mal de temps libre et on devrait en profiter pour réfléchir à ce qu'on pourrait faire pour eux.

— Je t'écoute ?

— Quand j'ai vu tout ce monde rassemblé autour de nous ce soir… C'est grâce à eux, à tous les gens du coin que nous avons pu y arriver. Je me disais qu'on pourrait leur donner quelque chose en retour.

— Donner en retour, tu dis ? ai-je murmuré, à moitié admiratif, à moitié stupéfait.

Mon épouse, qui avait toujours un demi-pas d'avance sur moi, venait de se retourner pour me lancer un nouveau défi.

— Comme... utiliser les produits locaux dans ma cuisine, ce genre de chose ?

— On pourrait se limiter exclusivement à la production locale. Et offrir des plats du terroir aux clients venus d'ailleurs, leur faire découvrir les charmes de la Bretagne à travers la cuisine.

— Bon sang, bien sûr ! Une cuisine régionale...

Je réfléchissais. Ou plutôt je faisais semblant de réfléchir. Car je n'avais pas besoin d'y penser : l'inspiration avait été fulgurante.

Le goût de la Bretagne qui, pour le meilleur et pour le pire, était profondément ancré dans ma vie.

— Des galettes.

Sarah m'a regardé dans les yeux en souriant.

— Des galettes. L'obsession de ta mère.

— Hum. Mais le goût de la nostalgie ne suffira pas. Je me demande si je ne pourrais pas créer un plat qui mettrait en avant la salinité caractéristique des galettes. Une entrée, comme une salade... en l'associant, par exemple, avec des betteraves et des artichauts.

— Ça donne envie d'y goûter. Et vite.

— Ce qui ne sera pas le cas.

Il y avait longtemps que je n'avais pas été animé du désir de cuisiner.

— D'abord, le sarrasin. Il va falloir trouver un agriculteur qui en cultive dans le coin.

— A ce point ?

— Utiliser uniquement des produits locaux. C'est toi qui l'as dit.

Je suis passé à l'action dès le lendemain, avec un empressement pour le moins surprenant. J'ai visité chacune des fermes du voisinage, à la recherche à la fois d'ingrédients pour mes plats et d'informations sur les champs de sarrasin. Mais je m'étais montré un poil optimiste. Les champs de sarrasin, dont on disait qu'ils recouvraient autrefois le Finistère, s'étaient entre-temps évanouis.

— Il n'y a plus un seul fermier qui gagne son pain avec du blé noir, s'accordaient-ils tous à dire.

Depuis l'apparition sur le marché de farines de blé noir moins chères importées de l'étranger, la culture du sarrasin n'était plus rentable pour les agriculteurs qui s'étaient peu à peu tournés vers d'autres productions. Il devait bien rester des champs quelque part, mais me fournir ailleurs m'aurait fait dévier de notre objectif principal, à savoir se limiter aux produits locaux. Alors que j'étais échoué sur l'écueil du sarrasin, un canot de sauvetage inattendu s'est présenté à moi, sous la forme de ma cousine Anne. Anne, qui était notre toute première cliente, s'est étonnée :

— Mais tes parents en cultivaient avant, non ?

— Oui, mais c'était il y a plus de quarante ans, et les champs ont été vendus depuis bien longtemps.

— Je crois que le propriétaire en a gardé une petite parcelle.

— C'est vrai ?

Et c'était bien la vérité. Mon oncle Roland, que j'avais appelé pour obtenir confirmation, m'a raconté que l'homme qui avait repris nos champs était un gars du coin appelé Ghislain, et qu'il était aussi un vieil ami de mes parents. Après la mort de mon père, il s'était inquiété du sort de ma mère, qui n'était pas en mesure de s'en occuper toute seule, et il lui avait offert de les lui acheter. Ghislain, à présent vieux et retraité, n'avait pu se résoudre à se séparer d'une partie de ses champs.

Quelle était la raison qui le poussait à continuer de cultiver du sarrasin ?

Voilà une énigme que je comptais bien résoudre.

J'ai aussitôt contacté Ghislain, qui m'a gentiment répondu que « le fils de René et d'Annette était évidemment le bienvenu », et j'ai promis de venir visiter ses champs dès le lendemain. Sarah a été surprise par cette impatience qui ne me ressemblait guère, mais pour être tout à franc, je n'arrivais pas à me défaire de l'impression que j'avais déjà trop traîné. Comme si j'avais emprunté un détour. Un monumental détour.

C'était la première fois que je voyais des champs de sarrasin.

Non, pour être exact, j'en avais déjà vu, mais cette vision appartenait à un lointain passé, à l'époque où mes parents en cultivaient. Leur image avait dû se refléter sur mes rétines. Malheureusement, mon père et les champs avaient déjà disparu de ma vie quand j'ai été en âge d'emmagasiner des souvenirs. Par conséquent, toutes les connaissances que j'avais sur le blé noir, je les tenais des livres.

Fait surprenant : même s'il portait le surnom de *blé noir*, le sarrasin n'appartenait pas à la famille du blé. Ces deux espèces étaient aussi différentes qu'une chèvre et un cerf. Alors pourquoi cette appellation ? Probablement parce que la farine qu'on en tirait ressemblait à de la farine de blé, à la différence près qu'elle était piquetée de noir.

Le blé noir ne possédait ni l'apparence ni les caractéristiques du blé. Le blé faisait partie de la famille des graminées, le sarrasin lui, appartenait à la famille des Polygonacées. Les tiges arboraient non pas des épis, mais des fleurs. Les *soba*, des nouilles à base de farine de sarrasin, étaient un mets depuis longtemps consommé au Japon.

J'avais pas mal potassé le sujet.

Et pourtant. Je n'étais pas préparé à l'émerveillement que ce champ a suscité en moi quand il est entré dans mon champ de vision. J'en suis resté muet de saisissement.

Un vert chaud, ponctué de délicates touches de jaune. Un feuillage abondant. Des feuilles parfois aussi grosses que la main d'un enfant. De petits bourgeons qui pointaient à l'extrémité des tiges. Cette végétation foisonnante, qui dérobait le sol à la vue, ne ressemblait à rien de ce que je connaissais. Les feuilles entrelacées se bousculaient l'une l'autre, grimpaient vers le ciel avec une écrasante vivacité.

— Alors c'est ça, du blé noir…

— Oui, c'est ça.

Ghislain a ajouté, alors que je restais cloué sur place, comme hypnotisé :

— Le blé noir peut pousser n'importe où, et il n'a pas besoin de beaucoup de soins. Tu ne trouveras pas de plante plus digne de confiance.

Effectivement, c'était un spectacle digne de confiance. Ici, nulle beauté ordonnée d'épis de blé ondulant sous le vent en une vague gracieuse. Les feuilles s'offraient au soleil, dansaient et frémissaient dans la brise chacune à leur manière. Leurs ballets débridés débordaient de vie. J'avais l'impression que j'aurais pu sentir leur énergie, comme on peut sentir la chaleur d'une flamme, si j'avais tendu la main.

— Encore deux semaines et il sera en fleur. Il faudra attendre encore deux bons mois pour le récolter. Tu pourras en prendre autant que tu veux pour tes galettes. Je le cultive par plaisir, et si ce que je fais peut être utile au fils de René et d'Annette, alors… rien ne pourrait me rendre plus heureux, tu sais.

Ses lèvres, enfouies sous sa barbe blanche, se sont étirées en un sourire.

— Pourquoi cultiver un champ par plaisir ?

— Alors, ça, je me le demande ! Quand on parlait de sarrasin avant, on pensait aussitôt à la Bretagne. Mais sa culture se perd de plus en plus, alors… peut-être que je cherche à lutter contre ça. Et puis, quand je suis ici, ça me rappelle Annette.

— Ma mère ?

— Elle était libre comme l'air, et si pleine de vie… Le blé noir lui ressemble.

J'ai cligné des yeux, debout à côté du vieil homme qui avait fermé les siens comme s'il se remémorait des jours lointains.

— Ma mère ? Vous êtes sûr ? Elle… elle n'était pas libre du tout. Elle était esclave des coutumes locales, manipulée par les superstitions… embourbée dans son quotidien.

— Ça, c'était après la mort de René. La Annette que je connaissais, moi, à l'époque où ils cultivaient tous les deux du sarrasin, c'était une jeune femme qui n'avait peur de rien. Elle courait toujours partout, comme si marcher l'agaçait… Ils ont multiplié leurs terres avec René, et elle était bien déterminée à ensevelir la Bretagne sous le blé noir.

— Ma mère ?…

Incrédule, j'ai embrassé le champ du regard.

J'ai essayé d'imaginer ma mère telle que Ghislain me la décrivait, une jeune fille fougueuse qui galopait à travers la verdure opulente… mais elle ne collait pas à l'image que j'avais gardée d'elle. Pourtant, cette femme-là avait existé. A une époque où elle n'avait peur de personne, où rien ne l'entravait, rien ne lui résistait. Les souvenirs heureux de ma mère se cachaient au cœur du blé noir.

— Laisse-moi te dire une chose, a confié Ghislain. Je pense qu'Annette a pas mal souffert après la mort de René, à partir du moment où elle s'est installée chez les Barrow. Elle suait sang et eau dans le verger, et à côté de ça, elle devait aussi fréquenter l'église pour suivre le pieux Roland et les autres. Elle s'est pliée aux règles de la famille. Je me demande si elle n'a pas essayé de te protéger, toi, son fils unique, en s'intégrant à eux de cette façon. Pour que tu sois accepté comme un membre de la famille.

J'ai retenu mon souffle. Comme si j'étais mort tranquillement en l'espace d'un instant.

— Pour moi ?

— Encore une chose… elle ne m'en a parlé qu'une fois, mais… sa plus grande crainte, c'était de voir mourir son fils. Elle avait perdu René jeune, et elle a toujours été effrayée par l'ombre de la mort. Je crois qu'elle était prête à se cramponner à n'importe quelle superstition, si c'était pour te protéger de cette ombre.

Du vert, rien que du vert. Mon âme semblait m'avoir déserté et la seule chose que pouvait capturer mon regard absent, c'était ce vert tout autour de moi. J'ai lentement fait un pas un avant, comme aspiré par toute cette verdure, et j'ai plongé en elle. Je suis tombé à genoux, j'ai enfoncé mes mains dans ses profondeurs, ployé la tête comme si je m'effondrais.

Une lumière blanche s'est allumée fugacement devant mes yeux. Des fleurs précoces. Au milieu de tout ce vert, perdue parmi les innombrables bourgeons, une seule tige était couverte de fleurs blanches. J'ai enveloppé ces délicates fleurs blanches entre mes mains tremblantes, j'ai compté leurs pétales, et j'ai fondu en larmes.

EKUNI Kaori

Alentejo

La pâleur du dos des feuilles d'olivier. Sur cette poussiéreuse route de campagne, les arbres lentement grillés par les brûlants rayons du soleil exhibaient le dos de leurs feuilles, alors même qu'il n'y avait pas un souffle de vent. Je regardais le paysage défiler derrière la vitre du siège passager, déjà las de ce voyage qui venait pourtant à peine de commencer.

Manuel était de bonne humeur. Il portait les lunettes grotesques qu'il avait achetées sur une aire de repos un peu plus tôt et conduisait tout en fredonnant la chanson diffusée à la radio. Des montures vertes en toc, absolument démesurées, l'objet fétiche des supporters déchaînés lors de la dernière Coupe du monde. Un beau visage aux traits réguliers, surmonté d'une abondante chevelure noire, un corps svelte et bien proportionné. Cet étrange accessoire n'altérait en rien sa beauté.

— Ouvre, m'a-t-il dit en posant un sachet sur mes genoux.

— Tu veux quoi ?

Snickers, barres énergétiques, chips, oranges, œufs durs.

— Œuf.

J'en ai docilement sorti un du sac, le lui ai écalé.

Cette escapade dans l'Alentejo, c'était son idée. Ça serait sympa d'aller faire un petit tour à la campagne, tu ne crois pas ? avait-il suggéré. Avant d'ajouter qu'on avait besoin de vacances, tous les deux.

Qu'est-ce que ça veut dire ? avais-je alors rétorqué. Je n'avais pas encore digéré la dispute que nous venions d'avoir. Elle couvait toujours en moi. Tu essaies de te racheter après ta dernière infidélité ? Son regard s'était voilé de tristesse.

L'inconstance de Manuel (ou plutôt l'amour qu'il répandait autour de lui) ne datait pas d'hier. Il n'était que trop conscient de son charme et croyait qu'il était de son devoir de le partager avec les autres. Et il était plutôt généreux. Il partageait beaucoup : paroles, sourires, amitié, et même parfois son corps. Je croyais pour ma part que son altruisme était la preuve de son désamour pour moi, ce qui, de toute évidence, échappait à son entendement.

Pourquoi ? Pourquoi est-ce que tu me parles d'infidélité ? Peu importe à qui je montre de l'amour puisque je suis tout à toi !

Le problème, c'est que je manquais peut-être d'ouverture d'esprit. Moi le coincé, borné, morne et jaloux Luís. Le contraire du gars assis derrière le volant.

— Tiens.

Je lui ai tendu l'œuf débarrassé de sa coquille. Manuel s'est penché en avant pour en gober la moitié et m'a envoyé un paquet de lingettes humides d'un geste nonchalant. Il a fait passer sa dernière bouchée avec une gorgée de café glacé déjà fondu.

— Qu'est-ce qu'il fait chaud, a-t-il murmuré avant d'augmenter la climatisation.

La température extérieure avoisinait les quarante degrés.

Manuel, barman de profession, rentrait souvent du travail au petit jour. Cet été, il avait mis au point une méthode infaillible pour réussir à bronzer : il s'enduisait généreusement le corps de crème solaire avant d'aller dormir… sur le balcon. A l'origine, sa peau était aussi blanche que la mienne.

Il était presque 15 heures lorsque nous sommes arrivés au cottage. Nous avions une bonne heure de retard. Un petit panneau à peine visible se dressait entre les buissons, mais le bâtiment en lui-même se trouvait encore à cinq minutes de route.

— On est au milieu de nulle part ici.

Manuel, probablement pris d'une envie de sentir la puanteur du bétail, a baissé sa vitre. J'ai haussé les épaules.

— Bah, c'est la campagne. C'est ce que tu voulais, non ?

Herbage, pré, prairie. Je ne savais pas quel était le mot exact pour décrire ce paysage fait de terre et de chiendent, d'arbres et de fleurs sauvages par endroits. Quand je suis descendu de voiture, l'air était si chaud qu'il aurait pu surgir un mirage. J'ai entendu un bourdonnement d'abeilles quelque part au loin.

La porte d'entrée avait été laissée ouverte. Il faisait frais à l'intérieur et il flottait une légère odeur de moisi.

La réception était vide. Pas uniquement la réception, d'ailleurs. Le bâtiment était complètement désert. Personne dans la petite salle de restaurant ni dans ce qui semblait être l'espace bar, plongé dans la pénombre à cause des volets fermés. Manuel a fait tinter la clochette d'appel en argent. D'abord un simple *ting*, puis avec plus d'insistance quelques secondes plus tard. *Tingtingtingting*.

— Est-ce que c'est ouvert au moins ? me suis-je tout à coup inquiété.

— Evidemment. Puisque j'ai pu réserver. *Com licença, boa tarde !* a-t-il tenté d'une voix forte.

Personne ne s'est manifesté, à l'exception de la pendule à coucou qui a sonné trois coups, nous faisant tous les deux sursauter.

C'est vraiment la campagne, étais-je sur le point de dire quand quelqu'un a enfin fait son apparition.

Un homme grand et costaud, vêtu d'une chemise bleu clair et d'un pantalon de costume beige un peu vieillot.

— Oh ! Je suis vraiment désolé. J'espère que je ne vous ai pas fait attendre trop longtemps, s'est-il excusé avec un sourire affable.

Il a fait le tour pour passer derrière le comptoir, a tapé rapidement sur son ordinateur.

— Manuel Braga, c'est bien ça ? Quatre jours, trois nuits ?

J'ai laissé Manuel se charger du check-in et je suis allé m'asseoir devant la porte. J'ai bu une gorgée d'eau tiède à la bouteille, elle était presque aussi chaude que l'eau d'un bain. J'ai découvert une fourmilière entre mes pieds. La plupart des grosses fourmis, qui devaient mesurer dans les deux centimètres, s'activaient sans relâche. J'ai passé un petit moment à les observer. J'ai toujours cru que le comportement des fourmis obéissait à certaines règles. Mais ce n'était pas le cas. Ou si règles il y avait, j'étais bien incapable de les déchiffrer. Dispersées çà et là, elles donnaient plutôt l'impression de courir sans savoir pourquoi.

Le check-in s'éternisait. Je pouvais entendre derrière moi le propriétaire, Fernao (ainsi qu'il s'était présenté), donner des explications à Manuel.

— N'hésitez pas à appeler la réception si vous avez besoin de quoi que ce soit. La femme de chambre sera là dans la minute.

Ou encore :

— Nous sommes complets, grâce à vous ! Il faut dire que c'est la saison des vacances. Soleil, détente, intimité, c'est ce que tout le monde recherche en venant ici.

Une sacrée pipelette. Et qui avait fait le plein d'énergie, avec ça.

— Ah ! Et nous avons également une piscine. Elle se trouve à deux pas de votre chambre. Le bar ouvre en fin d'après-midi et ferme à 23 heures, et en ce qui concerne le petit-déjeuner…

J'ai bu une nouvelle gorgée d'eau tiède. Il n'y avait pas un brin d'air. Mon tee-shirt me collait au dos. J'ai entendu le ronronnement d'un moteur de voiture et j'ai vu arriver une Rover Mini avec un certain soulagement. Probablement parce que je n'étais pas un habitué du soleil, de la détente et de l'intimité. La Mini s'est garée juste derrière notre voiture, les portières avant se sont ouvertes simultanément et deux femmes d'âge moyen en sont descendues.

— Veuillez m'excuser, a soufflé Fernao, alerté par le bruit, en passant à côté de moi.

Au même instant, une femme en robe est arrivée en courant depuis l'arrière du bâtiment.

— Quel accueil ! Rien à voir avec celui qu'on nous a réservé, a constaté Manuel en s'asseyant à côté de moi, une carte déployée entre les mains. On va devoir faire quelques courses d'abord. Le supermarché le plus proche est… ici. Oh, bon sang.

L'absence de lieu où consommer de l'alcool après 23 heures était un problème d'une importance capitale pour Manuel.

— Attention, là. Il y a une fourmilière, lui ai-je signalé.

Un enfant s'est extirpé de la banquette arrière de la Mini. Une petite fille. Les cheveux coupés court, maigrichonne, perdue dans une robe d'été imprimée toute simple. Les nouvelles venues devaient être étrangères, car Fernao était en train de présenter ses excuses en anglais. Finalement, les deux femmes sont remontées en voiture, ont fait demi-tour sur la piste et sont reparties.

— Veuillez m'excuser.

Cette fois-ci, c'est nous deux qui avions droit à des excuses.

— La petite fugueuse est de retour parmi nous… Je vais vous conduire à votre cottage. Je m'occuperai de garer votre voiture sur le parking un peu plus tard.

Fugueuse ? J'ai de nouveau observé la fillette. Les cheveux en bataille, des tongs aux pieds. Ses effets personnels semblaient se résumer à un lapin en peluche fatigué. Les lèvres serrées, elle a eu le cran de me renvoyer un regard hostile quand nos yeux se sont croisés. N'empêche, elle me paraissait bien trop jeune pour envisager de s'enfuir de chez elle. La femme venue à sa rencontre en courant (sa mère, très certainement) lui agrippait la main.

— Et une récidiviste, en plus de ça, a-t-elle déclaré avec un sourire empreint de fatigue et d'embarras.

Des cheveux soyeux qui lui tombaient sur les épaules, un regard prudent. Des yeux de la même couleur noisette que ceux de sa fille.

— Une récidiviste ? ai-je répété.

Mais Fernao a superbement ignoré ma question, reprenant la parole pour faire les présentations en souriant.

— Flavia, mon épouse. Et voici ma fille Helena.

Le cottage où nous avons été conduits était propret et confortable, et plus important encore, la climatisation fonctionnait correctement. Le domaine était un véritable dédale de sentiers. Les cottages étaient plutôt proches les uns des autres, mais une végétation dense et luxuriante, comme à l'abandon, nous protégeait des regards et du bruit. Nous étions cernés par les arbres et les plantes grimpantes, les fleurs de toutes sortes. J'avais la sensation d'être coupé du monde.

En plus de la chambre où le lit double occupait à lui seul la majeure partie de l'espace, il y avait une cuisine et une salle de bain ainsi qu'un salon avec cheminée, surchargé de tapis et de coussins dans le style art populaire maghrébin.

Après une rapide visite, Manuel s'est assis sur le lit et a allumé une cigarette.

— Pas mal, a-t-il conclu. C'est l'endroit idéal pour dessiner.

Je pouvais voir la verdure étouffante à travers les fenêtres aux vitres épaisses. J'ai approuvé d'un hochement de tête, même si je n'avais pas l'intention de griffonner le moindre trait. Qu'est-ce que j'y pouvais, moi, s'il croyait qu'il me suffisait de tenir un crayon entre mes doigts pour être le plus heureux des hommes ? Et puis, cette façon qu'il avait eue de le dire. Comme si c'était moi qui avais réclamé ces vacances.

— Je vais prendre une douche.

Ma voix m'a paru grincheuse et morose, peut-être même un peu boudeuse. En fait, j'étais de très mauvaise humeur. Mais Manuel n'a pas eu l'air de s'en soucier.

— D'accord ! Je vais en profiter pour aller faire quelques courses, m'a-t-il répondu gaiement.

Le lit a protesté avec un grincement métallique quand il s'est relevé d'un bond. Il a consciencieusement écrasé sa cigarette dans le cendrier.

Je devais faire une drôle de tête car, quand il s'est tourné vers moi, il a éclaté de rire avant de me prendre dans ses bras.

— Quel air inquiet, mon cher ! C'est rien qu'une petite virée au supermarché, tu sais.

Je me suis finalement retrouvé à marcher à côté de lui sur la route du supermarché, sans savoir ce que je désirais réellement. Rester auprès de Manuel ou m'éloigner de lui ?

Cela faisait quatre ans et demi que nous nous connaissions, deux ans et demi que nous avions commencé à vivre ensemble. L'histoire de notre rencontre était des plus banales (dans un bar grâce à un ami commun) et nous n'avions pas été *irrémédiablement attirés* l'un par l'autre dès le premier regard. Aucune *étincelle* n'avait *jailli dans mon cœur* et le monde ne m'avait pas semblé *tout à coup plus lumineux*, à l'inverse de ce que racontait parfois le patron du bar où travaillait Manuel (un homosexuel pur et dur qui allait bientôt souffler ses soixante bougies, en couple depuis près de trente ans), quand il évoquait le bon vieux temps. Mais nous nous étions découverts peu à peu et, à l'image d'un chien et un chat qui se retrouveraient à vivre sous le même toit, nous avions peu à peu accepté la présence de l'autre, eu besoin l'un de l'autre, et avant même que nous nous en soyons rendu compte, nous étions devenus proches, assez pour ne plus pouvoir se passer l'un de l'autre.

Nous arrivions à maintenir une relation satisfaisante dans l'ensemble (Manuel disait que j'étais le type le plus drôle du monde, et moi je pensais qu'il était l'homme le plus charmeur du monde). Seulement, ces derniers temps, je ne pouvais m'empêcher de l'accuser de se détourner de moi. Quant à lui, il prétendait que j'essayais de le tenir en laisse.

Le *tenir en laisse*? Des paroles que je trouvais inexcusables, mais… *La laisse* n'était-il pas le titre d'un roman d'amour de Françoise Sagan ? Même si l'histoire se terminait d'une bien triste manière.

Ce qui m'ennuyait, c'était qu'une part de moi savait pertinemment qu'il avait raison.

Voici mon ami Manuel, je vous présente mon ami Luís. Voilà comment nous nous présentions aux autres, même si nous n'avons jamais fait de notre homosexualité un secret. Peut-être que c'était ce qui se rapprochait le plus de la vérité.

La vérité. La vérité m'a toujours mis K-O. La vérité est sans merci.

Nous avons acheté de l'eau, des bières, de la ginjinha, des olives en bocal, et nous sommes sortis du magasin.

Nous avons rencontré Flavia et Helena sur le sentier qui allait du parking au cottage. Elles étaient occupées à cueillir des fleurs, de petites plantes qui auraient pu facilement être détachées à la main, mais qu'elles coupaient soigneusement une à une avec des ciseaux de jardinier.

— *Olá !*

— *Olá*, nous a salués Flavia d'une voix faible, un léger sourire aux lèvres.

— *Olá* petite fugueuse ! Comment ça va ?

Manuel s'était adressé à Helena sur ce ton plein de bonté et de confiance qui aurait poussé n'importe quel chien errant à le suivre (du moins, c'était ce que j'imaginais). Mais il n'a eu aucun effet sur la petite fille.

— *Bem*, a-t-elle répondu avec brusquerie.

Elle ne prenait pas la peine de lever les yeux vers ceux qui lui parlaient. Vacanciers, clients ? Elle s'en fichait.

— Nous cueillons des fleurs pour décorer les tables du restaurant, a expliqué Flavia. C'est ton travail, n'est-ce pas, ma chérie ?

Helena a délibérément ignoré sa mère. Puis, estimant qu'elle en avait coupé suffisamment, elle lui a montré le fruit de son *travail* et a galopé sans un mot vers le bâtiment principal. Nous avons tous les trois suivi des yeux sa petite silhouette qui s'éloignait.

Flavia a poussé un soupir.

— Je suis désolée. Elle est comme ça depuis que sa grande sœur est partie. Elles étaient vraiment très proches, toutes les deux.

En entendant que sa sœur était *partie*, je me suis demandé si elle aussi avait fugué. Ce qui n'était pas le cas : elle faisait simplement ses études en France. Dans une école de pâtisserie.

— Elle marche sur vos pas, a remarqué Manuel. C'est vous qui préparez tous les desserts du restaurant, à ce qu'il paraît. C'est ce que Fernao m'a dit tout à l'heure.

Elle a haussé les épaules.

— C'est ma mère qui m'a tout appris. Mais je ne suis qu'une dilettante, comparée à elle. Elle tient une pâtisserie à Evora. Amalia a choisi de suivre le chemin de sa grand-mère et non le mien.

Et depuis que cette Amalia était partie étudier à l'étranger, Helena avait la fâcheuse habitude de se glisser dans les voitures des clients pour s'enfuir.

Il était déjà 17 heures lorsque nous avons regagné notre chambre. J'ai enfin pu prendre ma douche. Le soleil, dans un dernier sursaut, dispersait ses particules de lumière. Mais la chaleur n'avait en rien diminué.

Nous avions décidé de prendre notre premier dîner dans un restaurant aux abords du village de Monsaraz (ce voyage, selon les propres mots de Manuel, devait être un *séjour gourmet*, au cours duquel nous allions *dévorer toutes les spécialités d'Alentejo*, et il avait pris soin d'effectuer toutes les réservations à l'avance).

Comme on ne nous attendait pas avant 20 heures, Manuel en a profité pour faire une sieste. De mon côté, j'ai décidé d'aller explorer les environs du cottage.

On aurait dit un jardin secret en plein cœur de la propriété. J'ai découvert un coin peuplé de buissons de chardons champêtres aux fleurs séchées sur la tige, un autre de rosiers grimpants qui offraient une pluie de branches en fleurs. D'imposants acacias répandaient leurs minuscules fleurs blanches un peu plus loin. Des massifs de roses trémières aux couleurs vives, ici mauves, là roses, se laissaient caresser par les rayons du soleil. Soudain, un banc est apparu, ainsi qu'une balançoire cassée et un toboggan qui ne l'était pas. Une mare à l'eau trouble, d'un vert mousse, était entourée de roseaux. De petites fleurs orange, dont le nom m'échappait, mais qui me faisaient penser à un ingrédient de cuisine chinoise, pointaient entre les tiges. J'allais regretter d'avoir laissé mon spray antimoustique dans la chambre, mais j'appréciais cette flânerie de fin d'après-midi. Exotique. C'était bien l'adjectif le plus adapté à ce parc.

C'est le hasard qui a conduit mes pas à la piscine. Contourner par l'arrière la remise était censé être un raccourci pour rejoindre notre cottage. Le thermomètre accroché au mur du cabanon affichait encore trente-deux degrés. J'ai cependant rencontré un obstacle de taille en chemin : la piscine remplie d'eau fraîche, clôturée ni par des barrières ni par un grillage, a tout à coup surgi devant moi.

— *Hi !*

Une jeune femme en bikini rouge, la vingtaine, était assise au bord de la piscine, les jambes étendues devant elle. Elle m'a salué avec un sourire.

— Vous êtes venu nager ? a-t-elle ajouté en anglais.

J'ai aussitôt songé que si je répondais *no*, je risquais de passer pour un type louche venu se rincer l'œil.

— Oui. Mais ce n'est pas grave. Ce sera pour une autre fois, ai-je menti, moi aussi en anglais.

— Oh, non, allez-y ! On allait justement partir, a-t-elle dit en se levant.

Elle a passé un doigt sous l'élastique de son maillot, l'a rajusté sur ses fesses avec un claquement sec. Juste devant mes yeux.

— Doug ! Sors de là ! Y a un nouvel arrivant ! a-t-elle crié en direction de l'homme qui flottait sur l'eau, les fesses coincées dans une bouée géante, bras et jambes levés à la manière d'un nouveau-né.

— Non, vraiment, ce n'est pas la peine… ai-je lancé en quittant les lieux comme si je m'enfuyais.

Des gouttelettes perlaient sur le corps lisse de la jeune fille, comme un chien qui viendrait de sortir du bain.

Une brise légère soufflait lorsque nous sommes sortis dîner. Vu de l'extérieur, le restaurant situé en hauteur donnait une impression chic et tranquille. La lumière qui filtrait par les fenêtres dans l'atmosphère bleu pâle de cette soirée d'été semblait une invitation à entrer.

— C'est super, on a aucun mal à se garer par ici, ce n'est pas comme en ville, a remarqué Manuel en glissant les clés de voiture dans sa poche.

Il avait réussi à se garer sur une place pavée juste devant le restaurant.

A peine entrés, une odeur mêlée de linge propre, de pain chaud et de fines herbes est venue chatouiller nos narines.

— C'est une *Bitch*, aucun doute là-dessus.

Je lui avais raconté l'épisode de la piscine durant le trajet.

— Elle avait un je-ne-sais-quoi de vulgaire. Même si elle était jeune. Presque une enfant encore.

Nous avons été conduits à notre table et avons commandé deux bières.

— Le type, lui, était loin d'être jeune. Il se déplumait et avait la peau qui pendait.

— J'aurais adoré voir ça, a souri Manuel, amusé.

— Voir quoi ?

— Le type, bien sûr. Au moment où il a dû extraire son cul de la bouée.

J'ai éclaté de rire en imaginant la scène. Ce n'était pas forcément de bon goût, mais ça, c'était notre passe-temps favori. Observer les gens et faire des commentaires. Elle est sexy, il est moche. Il a l'air heureux, elle a l'air triste.

A Lisbonne, nous nous installions souvent à la terrasse d'un bar pour nous amuser à ce petit jeu. Un verre de bière à la main, en picorant des escargots en saumure. Rester assis longtemps au même endroit vous permet de voir passer toutes sortes de gens. Vieillards, enfants, touristes, chiens et chats errants. Des enfants accompagnés de leurs parents, des étudiants, des employés de bureau, des policiers, des commerçants, des époux, des amis, des amoureux. Et parfois, alors que nous étions en train d'analyser la foule (ou plutôt la faune), j'essayais d'imaginer. A quoi, Manuel et moi, nous ressemblions aux yeux de ces inconnus.

Le repas était parfait. Nous avons dégusté du jambon sec, une salade de cornilles au thon, du ragoût de porc et du ragoût d'agneau, des spécialités locales. A travers la petite fenêtre, je pouvais voir le ciel se parer de nouvelles teintes, depuis l'indigo jusqu'au noir de jais. Les lumières d'une ville espagnole clignotaient sur la rive opposée du lac. Des lueurs dansaient à sa surface.

— Un petit digestif? a proposé Manuel.

— Non, merci. De toute façon, on pourra boire un verre au bar du cottage, non?

Nous n'avions pas oublié que nous étions venus en voiture et après la bière, nous n'avions bu que de l'eau gazeuse. Mais Manuel ne m'a pas écouté (comme d'habitude) et a commandé pour moi un verre de liqueur.

— Tu admires la vue? Un si beau paysage, tu dois le graver dans ta mémoire accompagné d'un verre d'alcool.

Mes amis soutenaient que Manuel était un buveur à deux doigts de l'alcoolisme, mais je savais que ce n'était pas le cas. Ce qu'il aimait par-dessus tout, ce n'était pas l'alcool, mais les endroits où on en trouvait. Des endroits où il y avait des conversations et des silences, des gens et des liens qui se créaient entre eux (ou qui se rompaient). Le temps s'y écoulait d'une façon singulière. Des souvenirs et des gens qui n'existaient nulle part ailleurs pouvaient y exister. Manuel était devenu barman parce qu'il aimait ces endroits et tout ce qui s'y passait.

Avant, j'adorais le regarder travailler. Des gestes efficaces, un regard impassible, une façon de parler franche mais jamais discourtoise. Et même s'il le cachait derrière un air professionnel, Manuel appréciait chacun de ses clients, chacune de ses nuits passées là-bas. Je ne comptais plus les fois où il nous avait ramené un voyageur à la maison parce qu'il n'avait plus d'argent ou aucun autre endroit où passer la nuit. Jusqu'à ce que j'y mette le holà (moi le coincé, borné, morne et jaloux Luís).

J'ai vidé mon verre en deux gorgées.

— Regarde là-bas, a dit Manuel.

Nous étions à mi-chemin du cottage quand il a soudain ralenti. Il avait chuchoté même si personne d'autre que moi ne pouvait l'entendre.

— Où ça ?

On ne voyait quasiment rien sur cette route de montagne sombre.

— A droite, là. On va passer devant, a-t-il précisé d'une voix inhabituellement troublée.

Il a roulé à la vitesse d'un escargot jusqu'au tout dernier moment.

— Wouah ! C'est quoi, ça ? Arrête-toi, on va aller voir de plus près.

— Hors de question, ça ne se fait pas.

Nous sommes passés devant, et pendant quelques instants, ni l'un ni l'autre n'avons ouvert la bouche. Mais la scène restait gravée sur ma rétine.

— Qu'est-ce qu'elles pouvaient bien fabriquer dans un endroit pareil ?

Elles, c'étaient des vieilles dames. Peut-être que certaines n'avaient pas encore atteint l'âge d'être qualifiées ainsi, mais ensemble, elles formaient un assortiment de vieilles dames. Au nombre de huit. Huit vieilles femmes alignées contre un mur, comme des pigeons perchés sur un fil électrique, les yeux fixés droit devant elles.

— Elles prenaient le frais ?

— A une heure pareille ?

— Elles s'échangeaient peut-être les derniers potins ?

— Sans se regarder ?

Elles se tenaient parfaitement immobiles. On aurait dit des poupées, et c'était ce qui m'avait le plus surpris. Si vraiment elles s'étaient réunies pour cancaner, alors c'était une séance de commérages silencieuse. Certaines portaient un tablier, d'autres non, mais ce détail mis à part, leurs robes étaient à peu près toutes identiques, dans le même style que celle qu'Helena portait. Des robes d'été passées de mode, ornées de motifs aux couleurs fanées.

— C'était surréaliste.

— Vraiment très intrigant.

Le coin était plutôt tranquille et nous n'avons croisé personne durant le trajet entre le restaurant et le cottage. Personne, sauf ces huit vieilles femmes.

Le matin suivant, quand j'ai ouvert les yeux, Manuel était déjà debout et fumait une cigarette sur la terrasse.

— Bonjour, mon petit patapouf, m'a-t-il taquiné.

Je venais de me lever et ne portais qu'un débardeur et un slip.

— Va vite te changer ou tu vas te faire gronder par maman.

Pour toute réponse, je lui ai empoigné les fesses. Je lui ai volé sa cigarette et en ai tiré une bouffée avant de la lui rendre. Le soleil était déjà aveuglant. Quelque chose d'humide et de doux a effleuré mon pied nu. J'ai baissé les yeux et découvert une grande fleur bleue. Une ipomée. La plante s'épanouissait le long du mur, ensevelissant presque le sol sous ses innombrables fleurs. Le contact soyeux de ces pétales délicatement chiffonnés sur ma peau.

— C'est le temps idéal pour faire du tourisme, a annoncé Manuel.

J'ai frémi. J'avais depuis longtemps développé une allergie au mot *tourisme.*

— Domaine viticole ou producteur d'huile d'olive, tu préfères quoi ? Les deux sont ouverts à la visite et proposent des dégustations, a-t-il continué. Oh, il y a aussi une ferme où on peut voir des cochons de près.

— Ça a l'air pas mal.

Même si jamais, au cours de ma vie, il ne m'avait pris l'envie subite de caresser un cochon.

— Je vais prendre une douche, ai-je dit avant de retourner dans la chambre climatisée.

L'odeur du café flottait dans le restaurant. Fernao s'était vanté que son établissement affichait complet, mais il n'y avait qu'un seul couple dans la salle. Un homme et une femme à l'air fatigué. Le silence installé entre eux n'était rompu que par le raclement de leurs fourchettes contre leurs assiettes.

Du jambon, du fromage, des céréales, des fruits ou encore des yaourts étaient mis à disposition sur une table à l'autre bout de la pièce. Je me suis servi une tasse de café au lait, j'ai choisi une poire et un yaourt. Manuel a opté pour du pain, du jambon et du fromage, et, nos assiettes à la main, nous sommes retournés nous asseoir.

— Ils ne sont pas là, ai-je constaté, légèrement déçu.

Je brûlais de lui montrer la fille de la piscine et son Doug à la bouée. J'ai déployé ma fine serviette de table en papier et j'ai porté ma tasse épaisse à mes lèvres. Ce n'était bien sûr que mon avis, mais je croyais qu'il était important de regarder les mêmes choses. Deux êtres bien distincts, avec des pensées bien distinctes enfermées dans deux corps bien distincts, qui, au même moment et au même endroit, regardaient la même chose.

Tandis que je m'efforçais d'éplucher ma poire avec un couteau si mal aiguisé que c'en devenait drôle, Manuel faisait connaissance avec l'autre couple. Comme d'habitude. A l'occasion de sa deuxième expédition pour aller chercher du pain, il avait réussi à sauver le toast de la femme qui était resté coincé dans l'antique grille-pain.

— Vous devriez absolument y aller, s'enthousiasmait le mari. C'est un restaurant vraiment sympa, et les prix sont honnêtes.

Manuel, planté avec son assiette à la main, l'écoutait parler avec beaucoup d'intérêt.

— Je connais quelqu'un qui y travaille. Je peux le prévenir de votre venue si vous voulez. Croyez-moi, vous serez bien reçus. Attendez, je vous note l'adresse.

L'épouse assise à table mangeait son pain tout en observant son mari avec froideur.

— Chéri, tu l'ennuies, l'a-t-elle soudain interrompu, les yeux baissés sur ses doigts.

Puis elle a poursuivi son repas, le visage impassible.

— Enfin, si vous en avez envie, a bafouillé le mari qui avait perdu son entrain, semblant vouloir mettre fin à la discussion.

— D'où venez-vous ? l'a relancé Manuel. Comme pour dire qu'ils n'en avaient pas fini.

J'avais terminé de manger ma poire. J'ai essuyé mes mains poisseuses sur la serviette en papier froissée. J'ai avalé ce qu'il restait de café dans ma tasse. Je me suis levé et j'ai quitté le restaurant en laissant Manuel derrière moi.

Helena était accroupie devant le bâtiment principal. Son doudou lapin dans une main, elle grattait le sol avec un bâton qu'elle tenait dans l'autre.

— La colonie de fourmis ?

Elle a levé la tête en entendant ma question, sans toutefois prendre la peine d'y répondre. Tant pis. J'étais sur le point de la dépasser quand tout à coup :

— Tu n'es pas venu hier.

Je me suis retourné. Elle se tenait bien droite sur ses jambes, le menton impérieusement levé, comme en colère. Le bâton et la peluche pendaient au bout de ses mains.

— Hier ? Où ça ? ai-je demandé, même si je n'avais aucune idée de ce dont elle parlait.

Avais-je fait une quelconque promesse à cette petite fille ?

— Au dîner, a-t-elle gravement annoncé.

— Au dîner ?

— Je viens de le dire. Tu n'es pas venu au restaurant pour le dîner, a-t-elle répété de la même manière que si elle s'adressait à un camarade lent à la détente. Alors que normalement, tous les clients y vont.

— Tous ?

Mensonge. Seul le petit-déjeuner était compris dans le séjour, et il était possible de préparer soi-même ses repas puisque les cottages étaient équipés d'une cuisine.

La décision de savoir où ils allaient manger n'appartenait qu'aux clients.

— Au moins le premier soir, a-t-elle toutefois nuancé.

Je ne savais pas quoi lui répondre. Je ne pouvais décemment pas lui avouer qu'à la suite de ses recherches dans les guides gastronomiques et sur Internet, mon compagnon avait écarté son restaurant de notre programme.

J'ai repensé à notre rencontre de la veille et je l'ai revue cueillir les fleurs avec des ciseaux. J'ai repensé au sourire de Flavia quand elle avait dit que c'était le *travail* de cette enfant.

— Ta maman est tout à fait charmante, ai-je remarqué spontanément. Et puis elle tient beaucoup à toi.

La méfiance s'est peinte sur ses traits.

— Bien sûr qu'elle est charmante, a-t-elle affirmé sur un ton qui laissait entendre que cela allait de soi. Tu viens d'où ?

Elle avait tout à coup décidé de changer de sujet.

— Lisbonne. Tu y es déjà allée ?

Elle a ignoré ma question. Je pouvais voir les rouages de son cerveau tourner à plein régime. J'ai réprimé un rire.

— N'y pense même pas. Je ne te laisserai pas grimper dans notre voiture.

Elle a eu l'air mécontente. J'étais intrigué par la raison qui la poussait à vouloir s'enfuir de chez elle, alors même qu'elle aimait sa maman et était si fière des dîners de son restaurant.

Un arroseur automatique décrivait des mouvements circulaires près du parking. Les arabesques du tuyau, la poussière des gouttelettes étincelantes, les ombres épaisses formées par les arbres. J'ai décidé d'aller y rafraîchir ma peau.

Combien de temps s'était-il écoulé ? Le parfum de l'herbe, le crachotement de l'eau, le soleil, l'arc-en-ciel formé par la réverbération de ses rayons sur les gouttes d'eau, le bourdonnement paresseux des abeilles, les couleurs des fleurs qui se fondaient dans l'atmosphère vibrante.

Après avoir pleinement profité de ce moment bucolique, je suis retourné au cottage et j'y ai trouvé Manuel en train de regarder la télévision d'un œil distrait.

— Où tu étais ? m'a-t-il demandé, pas le moins du monde vexé.

Je me suis souvenu que c'était moi qui l'avais été, ce qui m'avait d'ailleurs poussé à quitter le restaurant avant lui. Manuel avait encore distribué son sourire généreux à de parfaits inconnus. Ce même Manuel qui avait pour principe de traiter tout le monde de la même manière, sans distinction aucune, et qui avait aussi la vilaine manie d'aller parfois jusqu'à leur ouvrir son lit. (C'était la cause de notre récente dispute. Non, pas la cause. Plutôt le détonateur. Parce que ce n'était pas la première fois.)

— Eux aussi, ils sont de Lisbonne, a-t-il enchaîné sans attendre ma réponse, ce qui a eu le don de m'énerver.

Il se moquait bien de savoir où j'étais. C'était ce que cela voulait dire, non ?

— Tu sais combien de temps ça fait qu'ils sont mariés ? Devine !

— Qu'est-ce que j'en sais ?

Je me moquais bien du mariage de ces deux inconnus.

— Deux ans. Intéressant non ? Deux ans, ça veut dire que ce sont de jeunes mariés, bien qu'ils ne soient plus tout jeunes. Apparemment, lui en est à son troisième mariage, mais…

— Arrête ! ai-je hurlé. Pourquoi est-ce qu'il faut toujours que tu t'intéresses à n'importe qui ?

Manuel, installé dans son fauteuil, a levé des yeux stupéfaits.

— Qu'est-ce qu'il y a ? Pourquoi tu es fâché ? J'ai simplement réussi à sortir son toast de…

Il s'est tout à coup interrompu, le regard traversé par un éclair de compréhension. *C'est reparti*, semblait-il dire.

— Luís, fais-moi un peu confiance, tu veux ? Ils sont vieux et ils viennent à peine de se marier. Qu'est-ce que tu vas t'imaginer ?

— Ça ne t'a pas empêché de coucher avec Teófilo !

Une de ses aventures, la dernière en date. (Certes, Teófilo n'était pas un jeune marié, mais il avait grosso modo le même âge que le mari.)

— Et je te rappelle que tu as déjà embrassé un type que tu venais à peine de rencontrer, juste sous mon nez.

Conscient que cela risquait de raviver notre dispute, j'ai pourtant ajouté :

— Je te l'ai demandé, Manuel, je t'ai dit que je voulais que tu arrêtes de faire ça. Je te l'ai demandé gentiment. Mais après ça, il y a eu ce touriste allemand et…

Ma voix et mes lèvres tremblaient. Les mots jaillissaient d'eux-mêmes de ma bouche.

— Mais ça n'est arrivé qu'une seule fois à chaque fois ! Ce n'est pas comme si je m'étais lancé dans une autre relation !

La même réplique que l'autre jour. Qui sonnait vrai, cette fois encore.

— C'est pas une raison ! ai-je crié en me glissant entre Manuel et la télé pour me réfugier dans la chambre.

Je me suis effondré sur le lit avec un bruit sourd. Je voulais rentrer à la maison. Je n'avais plus envie de croiser ce couple, je n'avais pas envie de faire du tourisme. J'en avais par-dessus la tête de la chaleur, par-dessus la tête de la campagne.

— Luís.

J'ai fait la sourde oreille.

— Luís.

Hors de question. Il était hors de question que je le regarde. Le lit a tremblé quand il s'est laissé tomber sur moi. Voyant que je restais recroquevillé, il a commencé à me secouer doucement.

— Arrête ça, ai-je grommelé. Je t'ai dit d'arrêter…

Résister était inutile. Il savait que je le comprenais, tout comme je savais qu'il me connaissait.

Nous avons dormi enlacés jusqu'à midi.

L'inéluctable dénouement. Alors que je marchais à côté de Manuel en faisant semblant de ne pas remarquer la puanteur qui montait du sol où la terre et la merde de porc ne faisaient quasiment plus qu'un, je ne savais toujours pas ce que je désirais réellement.

Enchaîner Manuel, ou être enchaîné à lui ?

Il n'y avait rien ici pour freiner la course des rayons du soleil. Le ciel exhibait son bleu sans aucune pudeur. De la terre, de la merde, des mauvaises herbes et des arbres à glands à perte de vue. A part les porcs qui vagabondaient à l'intérieur et à l'extérieur des clôtures, nous étions seuls. Une solitude appréciable.

— C'est plus propre que je ne l'imaginais.

J'ignorais ce qu'il avait à l'esprit en disant cela, mais son ton était admiratif. Tous les porcs, sans exception, étaient couverts de boue séchée, ce qui les faisait paraître d'un gris cendré.

— Ils m'ont l'air en bonne santé.

Les bêtes élevées en liberté avaient le corps musclé. Je trouvais leur silhouette absolument gracieuse.

Certains se prélassaient à l'ombre des arbres, d'autres fouillaient le sol, d'autres encore s'étaient rassemblés en troupeau. Les plus curieux s'approchaient de nous en soufflant bruyamment, mais jamais trop près (une sage décision, à mon avis).

— Viens là, allez, viens par ici !

Manuel essayait tant bien que mal de prendre une photo des cochons en gros plan. Dans le but, très certainement, de la montrer aux habitués du bar ou à ses amis dès notre retour à Lisbonne.

Il avait beau être là, avec moi, il était obnubilé par un lieu et un temps qui n'étaient ni ici ni maintenant. Ce qui me faisait me sentir d'autant plus seul.

J'ai sorti un carnet et un crayon de mon sac à dos, j'ai dessiné l'un des porcs. L'élégance de sa forme, son charme humoristique.

Une fois notre tête-à-tête avec les cochons terminé, nous avons roulé jusqu'à la frontière espagnole. Une route en ligne droite qui s'étirait jusqu'à l'horizon, bordée par des prairies parsemées de rochers et de cactus, où l'ombre n'existait pas. Manuel avait mis la climatisation au maximum, et la musique – UB40 – à un volume digne d'une voiture remplie d'adolescents bourrés.

— Ouvre, m'a-t-il dit en posant le sac sur mes genoux.

— Tu veux quoi ?

Snickers, barres énergétiques, chips, oranges.

— Chips.

J'ai tiré le paquet de chips du sac, l'ai ouvert. Nous avons accompagné cet encas réconfortant avec de l'eau tiède en bouteille. La graisse et le sel embaumaient la voiture. Au début, ce n'étaient rien que des petits hochements de tête en cadence avec la musique, mais nos voix et nos mouvements se sont amplifiés au fur et à mesure et nous avons fini par nous balancer d'avant en arrière en beuglant les paroles de *Cherry Oh Baby*. Peut-être était-ce dû à cette route en ligne droite frappée de plein fouet par le soleil, peut-être même était-ce lié à l'incertitude et l'exaltation apportées par les voyages. Ou à la confusion. Ou à l'énervement. Quoi qu'il en soit, nous avons choisi de brailler, de secouer la tête dans tous les sens, la même expression que lorsqu'on se retient de jouir plaquée sur le visage, plutôt que d'avoir une conversation.

Nous sommes rentrés au cottage en fin d'après-midi. Le soleil dardait encore ses rayons. Comment la lumière du crépuscule, plus faible qu'en plein midi, pouvait-elle donner l'impression d'être plus forte ? J'avais la sensation qu'elle s'insinuait partout, emplissant chaque recoin de l'espace de particules d'or.

Manuel est sorti faire un footing et j'ai attendu son retour en regardant la télévision.

Le dîner était absolument somptueux. Manuel avait, semblait-il, réservé longtemps à l'avance ce restaurant avec cour, situé au cœur d'un immense domaine viticole.

L'intérieur était tout en blanc et brun, les murs recouverts de miroirs.

— Ça m'a l'air hors de prix ici, ai-je observé.

Il m'a sorti son sourire habituel – celui qu'il me faisait toujours quand j'étais inquiet ou mal à l'aise et qui me faisait à chaque fois penser qu'il n'y avait pas d'endroit plus sûr au monde qu'à ses côtés (et cela a plutôt bien marché).

— Aucun problème, vraiment aucun problème.

Il y avait cinq différentes sortes d'huiles d'olive à déguster sur du pain. Nous avons eu droit à plusieurs plats aux noms plus que complexes. Machin à la sauce bidule, accompagné de sa garniture trucmuche, mais le plat principal était un steak.

— Aucun problème, vraiment aucun problème.

Cette phrase m'avait beaucoup plu, aussi, je la répétais dès qu'un serveur déposait une nouvelle assiette devant nous. Comme Manuel s'amusait aussi à la répéter, il devait également l'avoir appréciée. Chacun des plats se mariait avec un vin différent (ce que je trouvais un tantinet prétentieux) et lorsqu'il a décidé de boire une gorgée de chaque, juste pour *goûter*, j'ai bien entendu répondu :

— Aucun problème, vraiment aucun problème.

C'est ainsi que ces quelques mots sont devenus notre mot de passe pour la soirée. Mot de passe ! Enfant déjà, j'adorais ce petit jeu. Un code entre soi et une personne digne de confiance.

Je n'arrive pas à rester fâché et c'est l'un de mes plus grands défauts (en plus d'être coincé, borné, morne et jaloux). Au moment de quitter le restaurant, après avoir dégusté des desserts qui portaient des noms comme quelque chose sur un lit de quelque chose, parfum machin, saupoudré de trucs (Aucun problème, vraiment aucun problème), tout ce à quoi je pouvais penser, c'était à quel point ma vie serait insipide sans lui.

Et là, sur le chemin du retour, nous avons encore été témoins de la scène des huit vieilles femmes. Elles se tenaient exactement au même endroit, toutes exactement dans la même position. Leurs robes ressemblaient étrangement à celles qu'elles portaient la veille. Etaient-ce les mêmes ? Je n'aurais su le dire.

Manuel a poussé un sifflement tandis que j'ouvrais grand les yeux.

— Elles sont encore là !

Une impression de déjà-vu. Eclairées par les lumières éparses des lampadaires et de nos phares, les silhouettes des huit vieilles femmes se dessinaient dans la quiétude de la nuit. On aurait vraiment dit des *sculptures*. Comme dans une exposition d'art contemporain. Cette fois, j'avais même pu remarquer que deux d'entre elles portaient des chaussettes blanches. Huit femmes alignées, les yeux fixés droit devant elles.

— Je me demande si elles se réunissent ici chaque soir.

— Comment elles font, l'hiver ?

— Elles mettent un manteau, je présume.

Les spéculations allaient bon train.

— Elles n'ont vraiment pas l'air de discuter.

— Tu as raison… Il n'y avait pas de bruit. Et elles n'avaient aucune expression sur le visage, non ?

— Si elles ne sont pas là pour parler, alors qu'est-ce qu'elles font ?

— Je suppose qu'elles n'ont pas de mari.

Notre conversation roulait sur des questions qui demeuraient sans réponses. Alors que la voiture cahotait sur la piste, je me suis imaginé un jour rejoindre leur rang.

— Le bar est déjà fermé, à mon avis, a dit Manuel.

— On n'aura qu'à boire un verre dans la chambre en jouant aux cartes.

Et c'est ce que nous avons fait.

Le matin suivant, nous avons croisé Helena devant le bâtiment principal.

— *Olá*, Helena. *Olá*, Potemkine, a lancé Manuel.

Il connaissait le prénom du lapin en peluche, ce qui ne m'a guère surpris.

— *Olá*, Manuel, a-t-elle répondu sans esquisser le moindre sourire.

Une employée chargée d'une lourde caisse remplie de bouteilles vides est sortie par la porte de derrière et nous a salués en souriant. Son sourire m'était étrangement familier, et quand j'ai réalisé que cette femme, cachée derrière une blouse blanche et une charlotte en plastique, n'était autre que Flavia, elle avait déjà disparu dans la baraque voisine.

— C'était Flavia à l'instant, non ? ai-je demandé à Manuel.

— Flavia ? Non, tu te trompes.

— Si, c'était maman, nous a confirmé Helena. Maman travaille dur. Papa, lui, il ne travaille pas.

Elle avait effectivement tout l'air d'une ouvrière. Et non de la délicate, belle et riche, mais néanmoins triste épouse du propriétaire.

— Il ne travaille pas ? Bien sûr que si, voyons, est intervenu Manuel. Ce n'est pas très gentil pour papa de dire ça.

Avec cette expression et cette intonation qui auraient poussé n'importe quel chien errant à le suivre (du moins, c'était ce que j'imaginais).

— Vous comprenez rien, tous les deux.

Mais qui ont laissé la petite fille de glace. Elle s'est relevée, a épousseté ses vêtements.

— Ici, c'est l'Alentejo, a-t-elle ajouté à mi-voix, comme si elle nous confiait un grand secret.

— Bah, après tout, nous sommes des rats de la ville, ai-je dit.

Helena a pris une mine stupéfaite.

— Lisbonne, une ville ? Non, une ville c'est plutôt comme Paris.

Paris ?

— C'est là-bas que vit ta grande sœur ?

L'espace d'une seconde seulement, j'ai pu lire la surprise dans ses yeux, mais elle n'a pas cherché à savoir comment je l'avais appris.

— Il fait chaud. Allez, viens, on entre, s'est impatienté Manuel.

— *Não*. Amalia, elle est à Lyon, elle apprend la pâtisserie. Mais Amalia, elle aime Paris. Parce qu'on trouve de tout là-bas. Surtout la liberté.

Les lèvres de Manuel se sont pincées en un sourire forcé.

— Je pars devant, a-t-il finalement dit en me tapotant l'épaule.

C'était un événement extrêmement rare. C'était lui d'ordinaire qui bavardait avec les autres pour le plaisir, tandis que le rôle du type agacé me revenait toujours.

— Mais une fois qu'Amalia aura fini ses études, elle va sûrement revenir, tu ne crois pas ?

— Tu crois qu'elle va revenir, toi ? a-t-elle demandé d'une voix affligée, ses yeux braqués sur les miens.

Et pour la première fois, elle a laissé une expression de détresse enfantine, plus appropriée à son âge, se peindre sur ses traits.

— Hé ! Ils sont là ! a murmuré Manuel, pourtant censé être parti devant. La *Bitch* et Doug. Enfin, je crois que c'est eux. Ils mangent des céréales. Allez, viens !

J'ai deviné que Doug et la *Bitch* n'étaient qu'un prétexte pour venir me chercher.

— Elle s'appelle Kate, a déclaré la fillette d'un ton ferme. Kate et Douglas. Ils viennent de Londres. Comme ils ne sont pas mariés, ce n'est pas très *moral*, mais Kate est très gentille.

Manuel et moi avons échangé un regard. Elle semblait bien informée sur les clients de l'hôtel.

Kate et Douglas étaient installés à une table dans un coin du restaurant. Ils avaient fini leurs céréales et s'attaquaient à des œufs brouillés. Chemise hawaïenne, bermuda, canotier sur la tête, pour être franc, Douglas avait l'air idiot dans cette tenue. J'ai mangé mon petit-déjeuner (yaourt, raisins, café) en priant le Ciel pour qu'un de leurs toasts ne soit pas retenu captif par le grille-pain hors d'âge.

Le vent sifflait à mes oreilles. Si j'avais ouvert ma vitre en grand, c'était parce que je n'avais pas envie de discuter, encore moins de chanter. Tout ce que je voulais, c'était regarder Manuel.

Nous avions poussé notre balade en voiture jusque dans les hauteurs et déambulé dans une magnifique ville médiévale, à la beauté trop tranquille. Une beauté telle que l'endroit ne semblait pas appartenir au réel. Des bâtiments d'un blanc éblouissant. Des chiens qui sommeillaient à l'ombre. Aucune autre créature vivante en vue. Toutes les boutiques (du moins ce qui y ressemblait) avaient leurs volets clos. Des chiens calmes, comme morts. Un paysage calme, comme mort.

Manuel avait pris tout et n'importe quoi en photo. Nous étions restés silencieux presque tout le temps qu'avait duré notre balade, car parler risquait de gâcher ce moment. Nous nous étions assis sur un escalier en pierre pour boire quelques gorgées d'eau tiède. Une orange nous avait servi de déjeuner. Les doigts de Manuel, qui s'était chargé de l'éplucher, avaient pris l'odeur du fruit. Notre « repas » terminé, nous avions continué notre promenade. Je n'avais cessé de porter ses doigts à mon nez pour les sentir, tout en me demandant à chaque fois ce qu'il ferait si jamais je venais à lui dire adieu ici et maintenant. (Cette idée, cependant, ne me rendait plus triste. Même si je n'arrivais pas à savoir pourquoi.)

— Je remonte ta vitre, a dit Manuel en passant à l'acte.

Soudain d'humeur taquine, j'ai attendu qu'elle soit complètement remontée pour la baisser. Il l'a remontée de nouveau, et de nouveau je l'ai baissée.

— Luís.

Il a prononcé mon prénom comme on lancerait une mise en garde à un enfant.

— Manuel, l'ai-je imité.

La vitre remontait, la vitre s'abaissait. La vitre remontait, la vitre s'abaissait.

C'était donc là que tu te trouvais, m'avait-il dit alors que nous commencions tout juste à accepter nos sentiments, et ceux de l'autre. Jamais je n'aurais imaginé. Qu'il existe quelqu'un en ce monde qui me corresponde aussi parfaitement.

Je me rendais compte, à présent que j'y réfléchissais, que je n'arrivais pas à distinguer correctement le bonheur du malheur. Ou peut-être que faire cette distinction n'avait pas de sens.

Il était un peu plus de 16 heures quand nous sommes rentrés au cottage.

Manuel a manifesté l'envie d'aller nager et nous avons donc décidé de passer le reste de l'après-midi à la piscine. L'eau était chaude, et l'ambiance, exception faite des abeilles qui volaient en rase-mottes, particulièrement agréable.

Manuel, incapable de nager la brasse, nageait le crawl. De mon côté, incapable de nager le crawl, je faisais quelques brasses. Les oiseaux pépiaient dans les arbres, et quelque part, hors de notre vue, ronronnait le moteur d'une tondeuse à gazon. Nous avons nagé, nous nous sommes reposés, nous nous sommes reposés et avons nagé à nouveau.

— Et si… ai-je commencé, allongé sur le ventre sur le sol en béton chaud… Et si on testait le restaurant d'ici ce soir ?

Manuel, installé dans la même position, a tourné la tête vers moi.

— Pourquoi ? m'a-t-il demandé, l'air soupçonneux.

— Je ne sais pas, mais c'est ce que j'ai envie de faire. Je crois.

Peut-être parce qu'Helena m'en avait fait le reproche, ou peut-être était-ce à cause de Flavia et de sa charlotte en plastique qui lui recouvrait la tête. Comme je savais qu'il avait déjà fait une réservation ailleurs, je m'attendais à l'entendre râler.

— D'accord, a-t-il pourtant facilement accepté. Si c'est ce que tu veux, alors c'est ce qu'on va faire.

Sa réaction m'a légèrement déconcerté. Je me suis tourné pour m'allonger sur le dos et j'ai mis mes bras en visière pour me protéger du soleil de cette fin d'après-midi. De sa lumière exceptionnellement scintillante.

— Il fait chaud ici.

— Hum, tu as raison, a-t-il acquiescé avant de plonger dans la piscine.

Il s'est enfoncé dans l'eau avec aisance, sans presque aucune éclaboussure, comme une sardine.

Le dîner était prévu à 19 heures.

— Comme au pensionnat, avait-il remarqué.

Son ton, cependant, était plus amusé que critique.

Nous avions quinze minutes de retard car j'avais fini par succomber à la tentation de Manuel après la douche. Trois générations d'une même famille ainsi que le mari du couple d'âge mûr étaient déjà en train de dîner.

— Sa femme n'est pas là, a chuchoté Manuel.

— Elle s'est probablement enfuie, ai-je murmuré à mon tour.

La salle de restaurant baignait dans une atmosphère radicalement différente du matin. Des bougies aux flammes vacillantes brûlaient sur les tables recouvertes de nappes amidonnées.

— Bonsoir.

Flavia est venue nous accueillir. Sa robe noire, coupée dans un tissu fluide, ondulait à chacun de ses pas. D'élégantes boucles encadraient son visage. Après tout, peut-être que ce n'était pas elle, la femme à la charlotte en plastique ?

Je ne voyais Helena nulle part, mais ses fleurs étaient bien là. A la lueur des bougies, il était difficile de dire si les pétales étaient blancs ou bien jaune pâle. De petites et délicates fleurs sauvages.

— Aujourd'hui, dans la vieille ville, ai-je dit en buvant une gorgée de bière et en picorant une olive, j'ai pensé à te quitter. Enfin, pas en vrai. Juste dans mon imagination.

Le silence s'est installé pour un court instant. Manuel avait l'air stupéfait. Les sourcils légèrement haussés, il m'a incité à poursuivre :

— Et ?

— Et c'est tout.

Je me suis gardé de lui avouer que je ne m'étais pas senti particulièrement triste. Mais plutôt libre, libre et courageux, et qu'à travers mes yeux d'homme libre et courageux, il ressemblait toujours à l'homme le plus charmeur du monde.

— Ça veut dire que je ne suis pas viré ? a-t-il plaisanté gaiement.

Les plats avaient tous un goût simple et sain. Nous avons savouré un fromage de chèvre aussi moelleux qu'un gâteau au yaourt, une soupe à base de légumes verts, pommes de terre, pain et œufs.

Ce n'était bien sûr que mon avis, mais je croyais qu'il était important de manger les mêmes choses. Nous avions beau entremêler nos deux corps, nous restions deux individus bien distincts qui ne pouvaient rien contre le fait d'être deux personnalités bien distinctes, mais qui malgré tout, jour après jour, assimilaient dans leurs deux corps la même nourriture.

Et c'est ce que nous avons fait.

Nous avons tous les deux flanché à la première bouchée du gâteau jaune qui nous avait été apporté à la fin du repas. Une cuillérée a suffi pour nous *enduire* de sucre. Du sucre à foison, du sucre à vous en faire tourner la tête. J'ai contemplé la part énorme qui attendait d'être mangée dans mon assiette et j'ai perdu courage. J'ai levé les yeux vers Manuel, qui avait l'air aussi accablé que moi, et nous avons éclaté de rire.

— Le goût même de l'ingrédient, ai-je remarqué en toute honnêteté.

L'ingrédient ici, n'étant autre que le sucre. Du sucre et des jaunes d'œufs, mais aussi du sucre chauffé jusqu'à l'obtention d'un sirop épais.

— C'est très sain, du début à la fin. C'est le goût de la terre.

— C'est qu'il va nous falloir beaucoup de force pour le manger, celui-ci.

Si Manuel n'avait pas été à mes côtés, je n'aurais sûrement jamais pu terminer cette douceur que Flavia avait héritée de sa mère.

La dernière bouchée avalée, j'avais l'impression d'avoir été confit dans le sucre jusqu'aux os, mais je me sentais aussi plus fort.

— Je suis fier de toi, ai-je dit.
— Moi aussi, je suis fier de toi.
Nous étions les derniers clients dans le restaurant.

Le lendemain matin, j'ai été légèrement déçu de ne pas trouver Helena accroupie devant le bâtiment principal. J'avais l'intention de lui parler du dîner de la veille, de lui dire à quel point il m'avait plu. Les fourmis, que personne ne taquinait, s'agitaient dans tous les sens. 9 heures du matin. Une nouvelle journée de chaleur étouffante, de soleil brûlant qui roussissait le sol.

Nous avons pris notre petit-déjeuner et une fois de retour dans notre chambre, nous avons bouclé nos bagages. J'ai aperçu la verdure étouffante à travers les fenêtres aux vitres épaisses. Je m'y étais habitué sans m'en rendre compte.

Même si nous étions toujours là, le lit en désordre, les serviettes roulées en boule, l'air froid craché par le climatiseur, le cendrier rempli de mégots en étaient la preuve, j'avais la sensation que nous n'y étions déjà plus. Ou plutôt, c'était comme si nous avions surgi ici alors que nous n'étions pas censés nous y trouver à l'origine.

Je me suis brossé les dents, puis nous avons entassé les valises dans la voiture. Lisbonne me manquait. L'appartement, les bars, les escargots en saumure et les trams me manquaient.

Fernao était à la réception. Le calme régnait à l'intérieur du bâtiment, tout comme à notre arrivée. Il n'y avait bien entendu personne à l'espace bar aux volets clos, ni dans le restaurant où traînaient encore les restes du petit-déjeuner.

— Oh, bonjour ! Vous venez faire le check-out, je suppose, a déclaré vivement Fernao en tapant sur son clavier. Manuel Braga. Quatre jours, trois nuits, c'est exact ? J'espère que vous avez été satisfaits de votre séjour parmi nous. Aucun problème en particulier à signaler ?

— Non. Nous avons passé de très agréables moments, merci, a poliment répondu Manuel.

— La petite demoiselle n'est pas là aujourd'hui ? suis-je intervenu sur le côté.

Fernao m'a regardé comme si c'était l'ordinateur qui venait tout à coup de lui adresser la parole.

— Helena ? Quelle petite chipie. Ma femme l'a emmenée à l'hôpital, elle s'est fait piquer par des abeilles ce matin. Alors que je lui ai cent fois répété de ne pas s'approcher de l'essaim et que…

— Des abeilles ? Pas des fourmis ? l'ai-je coupé dans son explication filandreuse.

Il m'a regardé comme s'il avait devant lui une créature encore plus étrange qu'un ordinateur qui parle. Il a écarté les bras.

— Des abeilles, oui. Nous avons des fourmis ici, tout comme nous avons des abeilles.

— Est-ce qu'elle va bien ?

Manuel avait posé la question qui convenait en pareille situation.

— Tout va bien, je vous remercie. Ma femme a appelé tout à l'heure pour m'annoncer la bonne nouvelle.

Et Fernao lui avait répondu de la manière qui convenait.

— Ce n'est pas rare, vous savez. Elle se fait tout le temps piquer par quelque chose. Nous avons décidé de l'emmener à l'hôpital par simple précaution.

Il a présenté le reçu de carte de crédit à Manuel, qui l'a signé.

— Et si vous continuez votre voyage, soyez prudents. Ici c'est…

Il s'est tout à coup interrompu, s'est excusé avant d'éternuer.

— Parce qu'ici, c'est l'Alentejo.

Nous avons quitté le bâtiment après lui avoir promis de faire attention. A peine sorti, Manuel a allumé une cigarette.

— Allez, c'est parti ! On rentre à Lisbonne.

J'étais bien sûr dans le même état d'esprit que lui, mais…

— Attends-moi, ai-je lancé en me ruant à l'intérieur.

J'ai tiré mon carnet de mon sac à dos, déchiré la page sur laquelle j'avais dessiné le porc, griffonné mon nom dans la marge. J'ai demandé à Fernao de bien vouloir le donner à Helena. J'ai dû lui paraître encore plus bizarre qu'une créature plus étrange qu'un ordinateur qui parle. Je n'irais pas jusqu'à dire que j'étais un artiste à succès (concrètement, je réalisais des illustrations pour des publications commerciales), mais je gagnais ma vie grâce à mon art.

Je laissais ce dessin à Helena en guise de carte de visite, car il n'était pas impossible qu'on se revoie un jour. Si elle venait, par exemple, à réussir sa fugue.

— Quelle drôle d'idée, vraiment… Moi je préférais Flavia, a remarqué Manuel sur un ton étrangement sérieux.

D'innombrables petites fleurs s'épanouissaient entre les herbes à côté du parking.

TABLE

Achevé d'imprimer
sur les presses de
la Nouvelle Imprimerie Laballery
58500 Clamecy

Novembre 2021

Dépôt légal : octobre 2021

N° d'impression : 110382